愛して。

水瀬甘菜

STARTS
スターツ出版株式会社

カバー・本文イラスト／架月七瀬

“美しさ”
それほど醜いものはない。
“嫉妬”
それほど怖いものはない。

好きでこんな姿に生まれたわけじゃない。
ずっとずっと、ただ普通に生きたかった。
ただ普通に、誰かに愛されたかった。

こんな毎日が続くんだと思っていたあの日、
あたしは忘れられない出会いをした。

「あたしを殺して」
あたしはあなたに、そんなことを望んだ。
「お前は俺に溺れてろ」
銀の瞳を光らせて、
あなたはあたしに、そう吐きすてた。

生まれつき金髪碧眼の絶世の美少女だが、自分の容姿を憎みながら生きている。蓮斗に獅龍の姫になれと言われて…？

最強の暴走族・獅龍の総長。クールな銀色の瞳が印象的。真梨を守ると決めたけど…？

?

敵対

邪鬼

獅龍と敵対する暴走族・邪鬼の総長。一見、さわやかな優男。真梨に興味を持つ。

＊five＊

＊six＊

＊seven＊

* one *

遊び人

【真梨side】
夜の闇に浮かぶ繁華街。
キラキラとネオンが主張して、嫌にまぶしい。
5月のまだ冷たい風が、あたしの体を煽った。
「……あれ、水川真梨じゃね？」
「マジ!? うわ、本物はじめて見た……ヤベェ、めっちゃ綺麗……」
「つーか、なんでこの街にいんの？ 水川真梨っていったら、隣街の遊び人だろ？」
「お前、知らねぇの!? 隣街のNo.1ホステスの彼氏寝取って追いだされたって、もっぱらの噂じゃん！」
街のそこかしこから聞こえる、バカな人間の鳴き声。
どこから発信されたかもわからないような噂に惑わされて、本当にバカみたい。
そして、その噂の中心であるあたし、水川真梨もきっと、彼ら並みにバカで、アホで、愚かな人間だ。
前に住んでいた街のNo.1ホステスの彼氏を寝取った覚えなんてまったくないのに、彼氏が別れる口実に勝手にあたしの名前を出したことで、ホステスの怒りを買った。
それでその街を追いだされて、家も、学校すらも変えて、あたしはこの街に越してきた。
言い訳をする隙すら、誤解を解く時間すら、与えられることもなく。

生まれてから17年。

小学校高学年あたりからずっと、こんな風に根も葉もない噂を立てられてきた。

それでも、ちがう街に行けばなにかが変わるような気がしてた。

だけど、ここでもあたしを取りまく噂や、見る目は変わらないようだ。

「綺麗な黒髪……」

「しかもさ、まっ赤な唇がまたエロいよな」

バカな男ども。

こんな仮面にだまされて、本当にバカだ。

漆黒の髪と瞳、まっ白な肌に、まっ赤な唇。

あたしを彩る、3つの色。

だけど、それが本当の“色”だと思っているのなら、なんて滑稽。

これは、あたしを守るためのただの仮面だっていうのに。

綺麗に巻かれたような天然の髪が、ふわり、揺れた。

「君、真梨ちゃんだよね？　俺のこと、覚えてる？」

突然うしろから話しかけてきた、ひとりの男。

好青年風で、ストレートの黒髪をなびかせていて……うん、合格。

でも、まったくといっていいほど、知り合った覚えはない。

「えっと……うん、覚えてるよぉ」

「本当？　よかったー。俺、今ヒマしてるんだけど、遊ばない？」

あたしの周りに渦(うず)巻く、たくさんの噂。

“誰とでも寝る”とか“援交(えんこう)してる”とか、多くの噂がまことしやかにささやかれているらしい。

だけど、あたしにとって“男と寝る”という行為(こうい)は、思い出したくもない過去の出来事。

あんな汚(きたな)くて気持ち悪いこと、しているわけがない。

それでも、過去にそんなことがあったから、あたしは今こうやって男を惑わせて、ホレさせて、本気にさせて捨てる……そんなゲームをしているんだと思う。

あたしを奪ったアイツに、男に、復讐(ふくしゅう)をしているんだ。

でも今日は、昨日越してきたばかりの家に足りない物を買い足しに来ただけ。

今日は男と遊ぶ気はないし、まったく気乗りしない。

「うーん……今日はあんまりそんな気なくてぇ。また今度にしよ？　ごめんね？」

「そっかぁ、じゃあ仕方ないなあ。また声かけるから」

「うん。ばいばい」

ほんの少し、微笑(ほほえ)むように笑みを浮かべて、その場を立ちさる。

あたしが男と話している間も、周りからの視線や噂話がやむことはなくて、うっとうしい。

それらから逃(のが)れるすべもなく、早く街を抜(ぬ)けようと足を速める。

それでも声をかけてくる男は絶えなくて、あたしはそのたびに甘(あま)えたような声で断りつづけた。

「おい」
　横から男特有の低い、だけど甘みを帯びた声が聞こえた。
　その声に反応することなく、あたしは足を進める。
　チラッと見えたその姿。
　それはたしかに、“不良”と呼ばれるカテゴリーのものだった。
「おい」
　うるさい。面倒(めんどう)くさい。
　あたしの頭にはそれだけがこだましている。
「おいってば。お前、水川真梨……だろ？」
　肩(かた)をつかまれて、そこからぞわりと鳥肌が広がっていく。
　面倒くさい、面倒くさい……そう思いながら仕方なく見あげると、チラリと見たときには気づかなかった見知った顔。
　いや、見知ったというか、有名すぎて知っていると言った方が正しいのか。
　ちがうな、同業者だから知っていると言った方が正確だ。
「国沢大河(くにさわたいが)……？」
「お。知ってんの、俺のこと。光栄だな」
　目の前の男がニヤリと口角をあげる。
　他の人がやったら気持ち悪くなるような仕草もサマになるのだから、腹立たしい。
　国沢大河。
　隣街にも届く知名度を持った遊び人。

ゆるくパーマのかかったオレンジの髪に、赤いメッシュ。

瞳はカラコンが入っているのだろう、金色。

肌は黒めで、特徴（とくちょう）的なアーモンドアイや高い鼻がバランスよく並んだ甘い顔立ち。

例えるなら、チョコレートのような。

オレンジに染めてから赤を入れるのか、一度ブリーチしているのかはわからないけれど、ひどく染めるのが面倒くさそうな髪型だと思う。

たぶん、あたしとはまたちがった意味で、同じくらい有名な人。

あたしは“寝る”という行為に対しては、根も葉もない噂ばかりがひとり歩きしているけれど、この人は本物。

本物の遊び人で、よく女の子を腕（うで）に引っかけてホテル街に消えていく姿が目撃（もくげき）されてるって聞く。

そして、それに加えてもっと悪い意味でも有名な人。

そういう情報にはあまり詳（くわ）しくないんだけど、この街を拠点（きょてん）にしている、ここら辺で最も大きな暴走族、“獅龍（しりゅう）”の幹部だって聞いた。

つまり、この街の不良のトップに近い人間。

その影響（えいきょう）は、あたしが住んでいた隣街にも及（およ）んでいた。

そのことを思い出し、たらり、冷（ひ）や汗（あせ）が流れた。

「お前、今からヒマ？」

……は？と、思わずあふれそうになった声をおさえたあたしは、きっとえらい。

目の前にいるのは有名な不良なんだ。

　そんなこと言ったらタダじゃ済まないだろう。
「な、いいだろ？」
「えーっと……」
　どうしようか。
　今日は正直、本当に気乗りしない。
　しかも、相手は不良。
　不良に絡まれると、ろくなことがない。
　強引だし、すぐにヘンなことしようとするし、頭悪いし。
　今まで不良に誘われたことはたくさんあったけど、うるさいし面倒くさいし、最近はまったく相手にしなくなった。
　拒否しても、「慣れてるんだろ？」そう言って迫ってくる不良は本当に大嫌いだ。
　そして、今回の相手は遊び人。
　なにをするためにあたしに声をかけたかなんて、わかりきっている。
　だけどあたしは絶対に体の関係は持たないし、その行為が本当に嫌だ。
　絶対に、嫌。
　だから……。
「ごめんなさい」
「……は？」
「いや、えと……今日はちょっと無理かなぁ」
　気持ち悪いくらいの甘ったるい声を出して、上目遣いで見つめる。
　どう考えたって気持ち悪いだけのこの仕草で、たいていの男は落ちて、そして引きさがる。
「ふーん。嘘くさ」
……は？
国沢大河のうしろから突然聞こえた声に、絶句した。
見あげれば、あたしをにらみつけるように見つめている銀の瞳と目が合った。
髪は黒髪だけど、纏う雰囲気や威圧感が、国沢大河と同じ、不良の部類だと訴えてくる。
切れ長の目が妙に綺麗で、筋の通った鼻や薄い唇が、それを引きたたせている。
にらまれているのに、きっと普通だったら縮こまってしまうはずなのに……その綺麗さに吸いこまれるかのように、あたしは視線をそらせなかった。
「あんた、誰……」
甘い声を出すことすら忘れて、あたしは気づくとそう口にしていた。
「それがお前か？」
「あたしの質問に答えてよ」
相手がなにを言っているのか、よくわからない。
それがあたし？
あたしはあたしで、水川真梨は水川真梨。
それは変わらない事実だというのに、目の前の男はなにが言いたいんだろう。
「そうか」
銀の瞳の男はそれだけ言いのこすと、背中を向けて去っていく。
　国沢大河はあたしを見て困ったように頭をかくと、じゃあな、と言って銀瞳の男を追いかけていく。
「は？　……え？」
　意味がわからなかった。
　なにが起こったのか、理解できなかった。
　というより、この出来事に意味があるのか、この出会いに、この会話に意味があるのか……あたしにはわからなかった。
　だけど、ふたりが去っていったうしろには、女の子たちの黄色い声が飛んでいて。
　“大河さん”という名と“水川真梨”。
　……そして、“蓮(れん)さん”。
　つまり、あたしがなぜあのふたりと話していたのか、ということをぐちぐち言っているのだけど、今日はじめてそれを耳にして得をした気がした。
　なぜかは、わからないけど。
“蓮”
　……その名が自然と記憶(きおく)に刻まれた。

　昨日越してきたばかりのアパートに着いて、靴(くつ)を脱(ぬ)ぎ中に入る。
　なんの変哲(へんてつ)もない、少しボロいアパート。
　ワンルームのそれは、トイレとバスは別だけれど、せまくてとてもじゃないけど好きになれそうにない。

母親のせいで“はじめて”を失って、ショックを受けているあたしを、たったひとつの通帳だけを渡して母親は家から追い出した。
そんなお金でひとりで生活しているあたしとしては、できるだけお金を浪費したくない。
学校へ行って、放課後は男と遊んで、帰ってくる。
バイトをすればいいのかもしれないけれど、この生活を変えてまで楽をしたいとは思わない。
買い物した袋を部屋の片隅に置いて、あたしはお風呂場へと直行した。
お風呂場の前にある鏡を見ながらカラコンを外して、服を脱ぐ。
下着も脱いで洗濯機の中に放りなげると、迷いなくお風呂場に足を踏みいれた。
——シャー。
風呂場の床に、お湯がはじける音が響く。
頭からシャワーをかぶれば、本当のあたしが顔を出す。
鏡に映るあたしを彩る、“色”。
黒のヘアスプレーをまとっていた本当の“色”は、ハニーブラウン。
黒のカラコンで隠された本当の“色”は、くすんだ空色。
まっ赤なグロスに縁どられた本当の“色”は、ピンク色。
これがあたし、水川真梨の姿。
本当のあたしを彩る3つの色を知っているのは、ほんの少しの人だけ。

仮面をつける必要のない人だけだ。

黒の仮面をつけて隠してもなお目立つ容姿は、幼い頃から言われつづけてきた“綺麗”やら“美人”の言葉で、さすがに自覚している。

顔は小さいし、メイクをしなくても十分なほどハデな顔立ち。

だけどあたしは、こんな“顔”も“色”もいらなかった。

そのせいで、あたしはあたしを失ったんだから。

だからあたしは、仮面をつける。

黒という、仮面を。

あたしは、自分の父親を知らない。

母親とも呼びたくないあの女は、生粋の日本人だ。

あたしの色はきっと父親から来ているんだろうけど、知りもしない父親の“色”を持ってるなんて、気味が悪い。

だからといって、母親に聞いたところで教えてくれるとは思わないけれど。

あの人はあたしのことが嫌いだし、あたしもあの人が嫌い。

いや、ただ嫌いなだけじゃない。

憎んでいる。

あの人のせいで、あたしは“はじめて”を失ったんだから……。

ベッドに入って、目をつむる。

シャワーを浴びたことで少し目が冴えていたが、あたしはすぐに夢の中へと旅立った。

不良校

【真梨side】

『ん……もっと……』

小さなアパートの一室。

リビングともいえない、ひとつの部屋しかないそこに、母親の声が響いている。

それがどんな行為なのかも知らないような幼い頃から、あたしはずっと、その光景を目にしてきた。

そんなものだと思っていた。

だけど、あたしが５歳になった頃から変化が現れた。

家にやってくる、多くの男たち。

『可愛いね。名前は？』

あたしは、その問いに一度も答えることはなかった。

気づいていたから。

男たちがあたしをそういう対象で見るようになっていたことに。

母親にしていることと同じことを、あたしにしたいのだと。

いつの間にか、男たちの興味はあたしに向くようになり、その事実に母親は激怒した。

『あんたさえ……あんたさえいなければ……』

怒りは頂点を超え、いつしか母親はあたしを殴るようになった。

それでも、当時まだ５歳だったあたしにはどうすることもできなかった。
　母親に頼ることしかできなかったんだ。

　朝、窓から差す太陽の光で目が覚めた。
　体を起こして、ブルッと体を震わせる。
　久しぶりに、嫌な夢を見た。
　冷や汗でまみれた体は気持ち悪いし、ひどく寒い。
　枕もとに置いてあるデジタル時計を見ると、時刻は７時30分。
　今日から通う鳴連高校は、この街一番と言われる不良校。
　偏差値も低く、ケバい女と不良男ばかりが通う学校。
　そんな学校だから、転校初日に遅刻しても、きっとなにも言われない。
　そう思ったあたしは、のそりとベッドからおりた。
　８時30分までが登校時間で、家から学校までは歩いて10分。
　きっと、急げば間に合う時間。
　だけど急ぐ気なんて起きない。
　昨日の夜にシャワーは浴びたけど、もう一度浴びたくて仕方ない。
　遅刻しようがどうでもいい。
　この汗を流して、そして一緒に今日の夢も流してしまいたかった。

　シャワーを浴びてから、鳴連高校の制服である赤のチェックのスカートをはいて、ピンクのカッターシャツを着た。

その上にキャラメル色のカーディガンを羽織（はお）る。

なにもしなくてもクルクルの髪はスプレーで黒にして、目にも黒のカラコンをつける。

そのまま朝ご飯も食べずに、あたしは家を飛びだした。

時刻は９時。

学校に着くと、土足で中に入る。

以前いた高校もそうだったし、ここも上履（うわば）きがあるようには見えない。

土足というのは不良校の風習というか、下駄箱（げたばこ）に上履きを入れておいたら盗（ぬす）まれてしまうという事情があるからだ。

ちらちらと通りかかる生徒は、やっぱり土足のまま中に入っていく。

さすが不良校というべきか、頭はカラフルに色を主張している。

そんな中で黒髪がめずらしいのか、目が合えば、あたしが水川真梨だと気づいたかのように目を見開く。

あたしはすぐに目をそらして、階段へと足を進めた。

たしか、職員室は２階の渡り廊下（ろうか）を渡ったところ。

この学校には転校が決まったときに一度来ているから、なんとなくは覚えている。

職員室に着くと、出入り口近くの先生に声をかける。

担任の先生のもとへ連れていかれると、遅刻したことを怒られることもなく、教室へと向かうことになった。

あたしの入るクラスは、2年3組らしい。

職員室と同じ階にある教室に到着すると、先生とともに中へ入った。

ざわざわと騒がしいのかと思えば、入る前から教室は静まり返っていた。

カラフルな頭たちが自然と主張してくる。

先生のうしろから教室を見渡せば、あたしを見て驚いているのか、目を見開いている人がほとんど。

きっとここにいる人たちは、あたしのことを知っている。

遊び人としての"水川真梨"を。

だからこそ、心境はそれぞれだと思う。

あたしを疎ましく思う人もいるだろうし、下心を持つ輩もいるだろう。

だけどあたしはそれをどうとも思わないし、後者に関しては利用してやろうとすら思う。

あたしを見て、下心を持って近づいてくるんだ。

それくらいのことをしたって、バチは当たらない。

不思議なことに、そんないろんな感情が入りまじっているはずの教室は、私語ひとつ聞こえない。

むしろ緊張感が漂っていて、みんな表情がこわばっている気がする。

唯一聞こえるのは、すーすー、という寝息のような音。

発信源は、一番うしろの窓側の席。

うつぶせている黒髪の男の大きな肩が上下している。

寝息の正体は、あの男のようだ。

ふとその隣を見れば、ニヤニヤしながらこっちを見て手を振っている男。

目に痛いオレンジの髪に、赤色が差している。

つまりは、昨夜会った国沢大河だ。

そして、同じく昨日会った“蓮”は黒髪。

不良のトップに近い大河の隣で寝ていられる黒髪なんて、“蓮”ぐらいだろう。

国沢大河と“蓮”の前にも、目立つ男がふたり。

ひとりは、アッシュブラウンの綺麗系の男。

肩あたりまであるストレートの髪が印象的で、だけど野暮ったくなくて、むしろ似合っている。

もうひとりは、明るい金髪にきつめのパーマをかけた男。

広い肩幅が男らしさを主張していてガタイがいい。

そのふたりと、国沢大河と“蓮”。

この４人は周りとはちがう空気を持っている。

こんなに静かなのはきっと、“蓮”が寝ているからだろう。

教室に緊張感が漂っているのは、蓮を起こさないようにするためだ。

それだけでわかる。

“蓮”はおそらく、獅龍の幹部以上の地位にいる。

みんなが恐れ、うらやみ、尊ぶ地位にいる。

先生に転校生だと紹介され、指定された席に着く。

指定されたのは、４人にそこそこ近い席。

国沢大河の隣の隣だった。

あたしが席に着いて早々に、先生は教室を去っていった。

先生がいなくなれば少しはざわつくかと思ったけれど、やっぱり静かなまま。

“蓮” 以外の３人だけが雑談している。

「よう」

そう声をかけられて、振り返る。

話しかけてきたのは国沢大河で、楽しそうにあたしを見て笑っている。

「なあに？」

昨日、甘くない通常の声を聞いている国沢大河に、今さら猫をかぶる必要もない。

だけど、周りにはたくさん人がいて、普通に話せば遊び人としてのあたしが困る。

ここで本当のあたしの姿をさらせば、寄ってくる男が減る可能性がある。

そうなれば、あたしの復讐にも支障が出るから、甘ったるい声を出した。

「ちょっと俺に付き合えよ」

急になにを言っているのかと思った。

でも考えるヒマもなく腕をつかまれて、教室から連れだされた。

「ちょ、離して！」

とっさに焦った声が出る。

つかまれた腕を離そうと、引っぱられていく体を止めようと抵抗するけれど、男の力に敵うわけがない。

本当に最悪だ。

つかまれた腕は地味に痛いし、廊下にいる人からの視線も痛い。

遊び人として有名な“国沢大河”と“水川真梨”。

その組み合わせがまた噂を呼んで、面倒くさいことになるのがすぐに想像できる。

見ている人の中でも、きっといろんな憶測が飛びかっていることだろう。

連れてこられたのは、保健室。

中に入ると、扉にカギをかけて一番奥のベッドに連れていかれる。

ありがたくも、中には誰もいない。

保健室の先生は施錠もせずにどこへ行ったのだろうか。

はぁ、とため息をつくヒマも与えられず、ベッドへと体を投げられた。

ボフッという音とともに、ベッドがあたしを受けとめる。

でも、保健室のベッドって固くて寝心地が悪い。

ついでに言うと、せまい。

そうしているうちに、いつの間にか大河があたしにまたがっていた。

ああ、本当に嫌だ。

コイツもやっぱり、あたしの噂を真に受けている。

“誰とでも寝る女”だと。

“尻の軽い女”だと。

あたしは誰とも寝てなんかいないのに。

その行為が本当に嫌いで、嫌で、したいとも思わないのに。

だけど……。

もしも、コイツにそれを言ったとして。

あたしはあんたとも誰とも、そんなことしないと言ったとしても。

どうせ、コイツがそれを誰かに言ったところで誰も信じない。

逆に“あの水川真梨”に拒否られたって、バカにされるのがオチだ。

それなら……。

この男のプライド……けなしてやる。

「ねぇ」

男に話しかけるときの甘いトーンから、昨日と同じ、普通に話すときのトーンに変える。

そのことに気づいたのか、国沢大河はピクッと眉間にシワを寄せた。

「あのさ、あたし、こういうことする趣味ないんだよね」

「は？」

意味がわからない、そんな顔をして国沢大河はあたしを見る。

だからあたしは、キッとにらみつけて、ハッキリと口にした。

「あたしは絶対にこういうことはしない。気持ち悪い。無理」

すると大河は、なぜか顔を背ける。

なんなんだろう。

耳まで赤くして、意味がわからない。

あたし、今にらんだだけなのに。

なんて心の中で悪態（あくたい）をついていると、やっと落ちついたのか、大河があたしに顔を向ける。

「……それが、本当のお前？」

「だったら？　言っとくけどあたし、本当にしないから」

そう言った瞬間（しゅんかん）、大河はハッと笑う。

「おもしれぇ……噂の“水川真梨”がそんな女だったとは思わなかった」

「おほめの言葉をありがとう。……で、どいてくれない？」

そう言われて素直に体をベッドからおろす国沢大河は、悪いヤツではないんだと思う。

それに続いてあたしもベッドからおりると、歩いて扉に手をかける。

「おい、真梨！」

「え？」

いきなり名前で呼ばれて驚いた。

振り返れば、国沢大河があたしをじっと見つめている。

「真梨……って、呼んでいいよな？」

「……勝手にすれば？」

意味のわからない質問にあきれながらも、それだけ返す。

「じゃあ、お前も俺のこと、大河って呼べよ」

「……じゃあね、さよなら」

最後のひと言には同意せず、保健室から出た。

国沢大河……か。

ああ、面倒くさい。

きっと明日には……いや、もうすでに、あたしと大河が保健室に消えていったことが噂になっているんだろう。

それを考えるだけで、ため息がこぼれた。

本性

【真梨side】

保健室から出たあたしは、とにかく上へと向かった。

なんとなく、空を見たくなった。

屋上に着いて、空を見あげる。

自分の瞳と同じ空の色を見ていれば、なんだかすべてがどうでもよく感じてくる。

あたしは出入り口のそばのコンクリートの壁(かべ)に寄りかかると、スカートのポケットからタバコとライターを取り出した。

タバコに火をつけ口にくわえると、ニコチンを体に吸いこむ。

ふぅ、と煙(けむり)を吐(は)きだすと、空気中に溶(と)けて、消えた。

――ガチャ。

そんな音がして、隣の出入り口が開く。

……誰だよ。

そう思って顔をあげると、そこには教室にいた４人の不良と、もうひとり女の子みたいな顔をした男の子。

茶色と金髪(きんぱつ)が入りまじったような短髪で、大きく丸い目がリスのような印象を与えてくる。

さっき本当のあたしを見せたばかりの大河と目が合って、眉間にシワを寄せる。

「真梨ー、そんな顔しちゃぁダメだろ？　可愛い顔が台無しじゃねぇか」
「ごめんねぇ？　ちょっとびっくりしちゃってさぁ～」
　笑ってそう返すけど、心の中はまっ黒。
　なんでここにいるんだとか、なんで普通に話しかけてくるんだとか……でももう、どうでもいい。
　ただ、しくじった。
　屋上で、地面で足組んで、タバコを吸っている。
　それを見られたという事実だけで、もう十分に最悪だ。
　しかも、この姿を“不良”に見られたとなると、話は別。
　ややこしいことになりそうだ。
　可愛いくて遊び人で、いつも甘い声で……そんなあたしのヤンキー丸出しの姿を、不良に見られるなんて。
　大嫌いな不良に、自分もそういう風に見られるなんてありえない。
　本当に、最悪だ。
「……普通にしゃべれよ、真梨」
「……だね。こんな姿見られて、本性隠す方が頭おかしくなりそう」
　そう言って、またニコチンを摂取。
「……で、どうしてここに？」
　いきなり話し方も、声のトーンすらも変わったあたしに、大河以外が目を見張る。
「なんでって、屋上は溜まり場だから。もう少ししたら昼休みに入るし、俺ら以外のヤツらも来ると思うぞ」
「え、あたし屋上とか好きなんだけど。出ていかなきゃじゃん」

「まぁ、そうなるかもなぁ」

　そう言って大河は、あたしの横に座る。

「……なんで横に座んのよ」

「べつに、よくね？　同じベッドに入った仲だし」

　ニヤニヤと笑ってこちらを見てくる大河。

　誤解を持たせるような言い方をして、いったいなにがしたいんだ。

　だけどそれに反応したのは、予想もしていなかった金髪。

　ムダにいいガタイが気にならないほどに顔が赤い。

「え、え、真梨ちゃんって、そういうキャラ？　つーか、軽くヤンキー？　いやいや、それより同じべべべ、ベッドに入ったって!?」

「うるさ……」

「声がでかいのは、もともとなんだよっ！」

　いや、逆ギレされても困るんだけど。

　にしても声がでかい。

　頭痛くなりそうだ。

　そんなあたしたちを見て、横で大河がククッと笑う。

「同じベッドってのは否定しねぇの？」

「……べつに、まちがってはないし」

　たしかに、まちがってない。

　さっき、保健室のベッドにふたりでいたわけだし。

　それを否定するのも面倒くさい。

「ていうかさ、あんた誰」

「……え？」
　なに言ってるの？というように、不思議そうな顔をする“蓮”以外の４人。
　“蓮”は興味なさげにあさっての方向を向いている。
「え、俺のこと知らないの!?」
「知らないもなにも、あたし隣街から来たから。あんたらがどんだけ有名だろうとわかんないし。大河ぐらいしか知らない」
「俺のことは知ってんの？」
「大河は立場上、よく話が流れてきただけ」
「ふーん」
　ショックを受けた様子の金髪は、思い立ったようにパッと顔をあげた。
「自己紹介！　自己紹介するから、今覚えて！」
「はぁ……」
「郷田鷹樹、獅龍の幹部してる！　特技は料理で、趣味も料理。好きな食べ物はオムライスで、嫌いな食べ物は……」
「タカ。そろそろやめときなよ」
　鷹樹の話を遮ったのは、アッシュブラウンの人。
　物腰がやわらかそうで、声も男の人にしては高めだ。
「俺は加賀美颯。副総長してる。まぁ……ほどほどによろしくね？」
「はあ」
「あ、あれは志摩蓮斗。総長だよ。みんな蓮って呼ぶ」
　黒髪を指して、颯が言う。

“蓮”が総長だと聞いて、妙に納得してしまった。

ひとりだけ、“蓮”だけが、どこか人を寄せつけない雰囲気を持っていたから。

「で、あれが南山隼。幹部で唯一の１年。女嫌いだから、噛みつかれないように気をつけてね」

茶に金がまじった髪の、女顔の男の子。

ひとりだけ年下なんだ。

「ふーん、そう。でさ、あたしってここから出てった方がいいの？　あたしとしては、もうちょっとここにいたいんだけど」

「うーん……俺的にはすぐにでも出ていってほしいんだけどね」

にっこり笑って、サラッと毒を吐く颯。

ああ、コイツもか。

コイツもあたしを噂と見た目で判断して、本当のあたしを見ようともしないんだ。

そんな風にしか思えなかったけれど、少し、いやだいぶ腹が立った。

あたしもコイツらも、きっと同じようなことで悩んだことがあるはずなのに。

獅龍の幹部というだけで近づいてこられたり、逆に遠ざけられたりしたことがあるだろうことは、容易に想像できる。

そのくらい、“獅龍”というのは、このあたりでは大きな影響を及ぼす存在。

“獅龍”のブランド欲しさに命を賭けているバカな女の

子がいることくらい、あたしでも知ってる。

だから、あたしが噂で判断されたくないように、コイツらも“獅龍”というブランドだけで見られたくないんだと思ってた。

それは、あたしのカンちがいなの？

「ひどい言われようだね？　でも、ひとつ言っとく。あんたらがあたしをどう思ってるかなんて知らないけど、あたしにとっちゃ、あんたらもたいして変わらない。あんたらもあたしと同じように、顔とか噂とか、そんなもので判断してほしくないって思ってると思ってたんだけど。見当ちがいだったかな」

あたしがそう言った瞬間、目を見張る不良たち。

図星だったからなのかわからないけれど、言いたいことは言ったし、すっきりした。

人を見た目やブランドで判断することを、あたしたちみたいな目立つ存在はきっと人一倍、嫌なことだと知っている。

それなのに自分たちも同じになるなんて、本当にバカバカしい。

タバコの火を足で踏み消して、蓮たちによってふさがれている出入り口に近づいた。

「そこ、どいて。もうここには来ないから」

そう言って、ギロッと蓮たちをにらむ。

でも、そんなものはきかないようで。

なぜか蓮はニッと笑うと、「お前、おもしろいな」と、あたしに言った。

その瞬間、目を見開く獅龍メンバー。

それはあたしも同じで、ハッと我に返って口を開く。

「意味わかんない。それよりさ、そこ……どいてよ」

でも、蓮はそんなものおかまいなしらしく。

「お前、倉庫来い」

そう言って、あたしの腕をつかんだ。

「……は？　ヤダし。そんなところ行くんだったら、男と遊びにいくから」

「大河は無理なのに、他の男の相手ならできるのか？」

コイツ、大河となにもなかったこと、わかってるんだ。

「……あいにく、あたしは不良が嫌いなので」

「……へぇ。おもしろい。お前……やっぱ倉庫来い」

「無理だって言ってんでしょ。てか離して。あたし、帰る」

「どこに？」

「……どっか？」

「どうせ、ここら辺にまだ知り合いいないんだろ」

蓮はニヤッと笑う。

普通の人だったらこんな風に笑うと気持ち悪いのに、そんな風に笑ってもカッコいい蓮がムカつく。

あたしも、こんな風に笑っても気持ち悪くないんだろうか。

蓮も、十分綺麗な顔をしているのに、あたしみたいにならないのだろうか。

それが、なんかムカつく。

そりゃあ、あたしは髪の色も瞳の色もおかしいけど。

蓮だって、美しく整った顔をしてるのに。

なのに、なんで……あたしみたいに淀(よど)んではなくて、まっすぐな光の宿った目をしているんだろう。
やっぱり、男と女じゃちがうのかもしれない。
あたしだって、願うなら……男に生まれたかった。
女だから、男に好き勝手されて、こんな生活送ってるんだから。
女に生まれたことは、あたしの人生最大の汚点(おてん)だと思う。
生まれてきたこと自体が汚点だけれど。
「蓮……さんに関係ないでしょ」
「蓮でいい。おい、お前ら。倉庫行くぞ」
さっきから聞こえるよくわからない単語に首を傾(かし)げる。
「倉庫ってなに」
あたしがそう言った瞬間、大河が目を見開く。
「お前、倉庫もわからずに聞いてたのかよ?」
「……あたし、暴走族詳しくないし」
「倉庫っつーのは、俺らの溜まり場。まぁ、俺らがいつもいる本拠地(ほんきょち)だ」
「ふぅん。で、なんであたしがそこに行くことになるの」
「んなの、蓮に聞けよ」
そう言って、大河は立ちあがると、あたしのつかまれていない方の腕をつかむ。
「……ちょっと、大河も蓮も、離してよ。あたし、倉庫なんて行かないし」
「拒否権はねぇ」
そう言う蓮に、あたしは眉間にシワを寄せる。

「だからぁ、なんであたしが……」

「蓮っ」

　あたしの声を遮って聞こえた声。

　思わずそこに視線を向けると、そこには女嫌いくん。

「なんだ、隼」

　蓮が隼の声に答える。

　隼があたしを見る視線は、痛い。

　軽蔑(けいべつ)するような、汚いものを見るような、嫌な視線。

「なんだよ、この女っ！　なんで女なんか倉庫に連れていくんだよ！　倉庫に入れるのは総長の女だけだろっ!?」

　ほら。

　“女なんか”嫌い、でしょ？

　あたしと一緒。

　あたしも、女なんか大っ嫌い。

　だから、自分も大っ嫌い。

　簡単に嘘をつく女も嫌いだし、勝手に思いこむ女も媚(こび)を売る女も嫌い。

　そして、あたしみたいな、自分に嘘をついて人を利用して満足しようとするようなバカも、大っ嫌いだ。

「そんなの、べつに決まってねぇよ。総長が認めた女なら入れる」

「……でもっ！」

　隼は、くやしそうに唇を噛みしめる。

　そこから女への憎しみが垣間(かいま)見えて、あたしはフッと笑った。

「お前、なに笑ってんだよ!!」

　そんなあたしを見て、隼は顔をまっ赤にして叫ぶ。

「フフッ……アハハッ!!　ハハッ……えっと、隼……だっけ？　あんた顔に出すぎ。おかげで、久しぶりにこんなに笑ったよ。でもね、女が嫌いなのはいいけど、すべての女をそんな風に思わない方がいいよ？　たしかにあたしは、隼の嫌いな女の類(たぐい)なんだろうけど。女だって、そんな人ばかりじゃないんだからさ」

　自分も大嫌いな女のことをかばうのはどうかと思うけど、みんながみんな、そうだとは思わない。

　あたしはたしかに男をもてあそんで利用して捨てて、きっと隼の嫌いなタイプ。

　だけど、そうじゃない人だっている。

「あたしを嫌おうと、あたしはどうでもいい。でもね、女、女って罵(ののし)りつづけてると……本当に自分が守りたい人ができたとき、困るのは隼だよ」

　言いおわったあと隼を見ると、静かに涙(なみだ)を流していた。

「っ……ふざけんな！　お前にっ！　女のお前に、なにがわかるんだよっ!!」

「わかんないね。だって、あたしはアンタの女嫌いの理由なんて知らないし。わかるわけない」

「……っ」

　隼は、あたしに言い返せない。

　それはそうだ。

　だって、あたしの言ってることは当たってるんだから。

「……隼、あたしはあんたの過去を知らないけど。誰だって過去があって今があるんだから、そんなに過去を恨まない方がいい」

自分で言って、自分で笑った。

バカみたいだ。

自分だって、過去を恨んでるくせに。

生まれてきたことを、恨んでるくせに。

矛盾してる。

クッと笑って、隼を見る。

隼は、やっぱりあたしをにらんでいた。

泣きながら、にらんでいた。

「俺……昔、母親に虐待されてた。今は親父とふたりで住んでるから問題ないけど……本当、女がダメなんだ……」

「うん、それで？」

「その母親も、俺の近くにいる女たちも、俺の顔しか見てねぇ……母親は、親父の顔が好きで結婚してっ、でも、俺が生まれてから、親父は俺のことを可愛がってて……それで、母親は俺に嫉妬して、あんたなんか生まなきゃよかったって……っ」

隼の言いたいことは、よくわかる。

あたしも言われつづけたから。

“あんたなんか生まなきゃよかった”

“あんたさえいなければ”

そう、言われつづけたから。

「大丈夫。隼には、みんながいるでしょ？　獅龍っていう居場所があるんでしょ？」

　隼には居場所がある。

　あたしの居場所が遊びの中にあるように、隼には獅龍っていう居場所がちゃんとあるじゃない。

　あたしよりも、立派な居場所が。

「ここにいるみんなが、隼のこと支えてくれてるんでしょ？　だったら、もっと甘えてあげれば？　みんな、悲しそうな顔してるよ？」

　あたしの言葉に、隼は周りにいるみんなに顔を向ける。

「蓮……颯、大河……タカ……」

「お前、なに初対面の真梨に話してんだよっ！」

　大河がそう言って、笑ってる。

　他のみんなも、笑ってた。

　きっと、うれしいんだと思う。

　弟みたいに可愛い隼が、女に本音を話せたことが。

「お前、倉庫来れば？」

「は？」

「べつに、お前を認めたわけじゃない。ただ、倉庫に連れていきたくない理由がなくなっただけだから」

　ついさっきまで「来るな」って言っていたのが嘘のように、隼はその言葉を紡（つむ）いだ。

「隼、なに言ってるの？　あたし女だし、べつに行きたくないし、行かないよ」

「そう。でも蓮は、無理やりにでも連れてっちゃうと思うけど。それに……お前が言ってることは、嘘だ」

え……？

嘘なんてついていない。

あたしは行きたいと思っていないし、行く気もない。

「目が、さびしいって言ってる」

「目……？」

意味がわからない。

目がさびしいって言ってる？

隼はいったい、なにを言っているんだろう。

あたしに“さびしい”なんて感情があるわけない。

あたしは、いらない感情は捨てて生きてきた。

“さびしい”も“くやしい”も“悲しい”も、全部捨てた。

そんな感情は、持ち合わせてない。

「そんな感情、あるわけないじゃん。……てか、それより離して。あたし、帰るから」

逃げ道を探すけれど、目の前には隼、両隣には蓮と大河。

……逃げられない。

でも、逃げろ、とあたしの心が訴える。

ここで逃げないと……あたしが、崩れる気がする。

あたしが今まで積みかさねてきたものが、あっけなく崩れる気がするんだ……。

「お前は強制連行だ」

隣の蓮が、そう言ってあたしを引っぱる。

「なに言ってんのっ！　離してよっ!!」

あたしらしくもなく、声を荒らげた。

「おとなしくしてろ」

抵抗も虚(むな)しく、蓮は片手であたしを軽々と持ちあげると、屋上を出て階段をおりる。

ちょうど今は授業中らしく、廊下にはほんの少しの不良しかいない。

これで女子がいたら大騒ぎだったな、と思って授業中だったことに感謝した。

いや、全然よくないんだけれど。

いや、女子に見つかって嫌味言われたり大騒ぎになるよりは全然いいんだけど。

とはいえ、あたしの抵抗がヤツらに敵うわけもなく。

あたしはそのまま、連れさられた。

というより、ラチられた。

転機

【真梨side】

「……で。なんであたしが、ラチられたわけ？」

　連れてこられた倉庫の中、あたしの声が静かに響く。

　そこはムダに広くて、使わなくなった建物を再利用しているのか、物置のような雰囲気。

　仕切りもなく、空間だけが広がっている。

　一番奥には階段があって、上にも広く空間が取られているみたい。

　その階段をのぼった先にある部屋に入る。

　部屋の中は見た目より広くなくて、奥にも部屋があるのか扉がふたつある。

　まん中には長方形のテーブルがあって、それを囲むように白いソファが４つ。

　ひとりがけのソファが長方形の短いところにふたつ、３人がけのソファが長いところにふたつ。

　あたしは、ひとりがけソファの片方に座らされた。

　蓮はその向かいに座る。

　あたしが連れてこられた部屋は、地位の高い人しか入れない部屋らしく、いるのはさっきの５人だけ。

　下の部屋には、何人か人がいたけど、鳴連の生徒じゃないのか、基本的にちがう制服が多かった。

　そして、全員が全員、あたしの姿を見た瞬間、眉間にシワを寄せた。

“なんでここに水川真梨がいるんだ”というように。

べつに、そんな視線には慣れてるし、どうってことはない。

けど、いきなり不良の住処（すみか）に連れてこられて、頭にくるを通りこして、あきれるしかないよ。

結局、なんであたしがここに来たのかわかんない。

誰も答えないし。

はぁ、とため息をつく。

どうもイライラして、タバコが吸いたくなる。

「ねぇ、タバコ吸っていい？」

「ダメだ」

それには答える蓮に、ムッとする。

「なんで」

「女は吸うな」

その言葉が頭にくる。

なんであたしが蓮に従わなきゃなんないの。

それに、“女だから”って言葉、あたしは嫌いだ。

「なんで女は吸っちゃいけないの。あたしが吸おうが吸うまいが、あんたには関係ないじゃない。あたしのことはほっといてよ」

「ダメだ。吸うな。俺らも吸わねぇから」

本当に腹が立つ。

どうして吸いたいときに吸わせてもらえないのか、理解できない。

もうさっさと帰ってしまいたい。

「じゃあ帰らせて……」
「それは無理な相談だな」
なんにも折れてくれない蓮に、余計(よけい)にイラだちが募(つの)る。
「もう、なんなの！　なんのために連れてきたのかさっさと言ってよ！」
そう言うと、蓮の銀の瞳と目が合った。
吸いこまれそうになって、息をのむ。
「お前、今日から倉庫通え」
唐突(とうとつ)に蓮に言われた言葉に、体が固まる。
「それは……どういう……？」
「ハッキリ言えば、姫(ひめ)になれってことだ」
「姫……？」
意味がわからない。
そう思うのは、今日何回目だろうか。
なんて思いながらも、蓮の次の言葉に耳を傾(かたむ)けた。
「姫っつーのは、総長の次に発言権を持つ者。そして、俺ら獅龍の守る者だ」
「……は？　なにそれ。つか、あたし守ってもらう必要ないし。姫になっても、どうもならないじゃん」
「いいから、お前はもう姫なんだよ」
「意味わかんないよ。それじゃあ、男と遊べないじゃん」
「遊びたいなら俺が相手してやる。だからなれよ、姫」
なにそれ……。
「蓮、なんなの、あんた」
「お前、姫ってなにかわかってるか？」

「守るべき者、でしょ」
「それだけじゃねぇ。総長の女ってことだ」
　総長の女？
　そんなもの、初耳だ。
　知らないし、聞いたこともない。
「はあぁ？」
　あたしに姫になれってことは、つまり、蓮の女になれってこと？
　どうしてあたしが蓮の女にならなきゃいけないんだ。
　あたしは不良とは遊ばないし、特定の男を作る気もない。
　蓮の女になるなんて、冗談じゃない。
「あたし、蓮の女になんてならないし！」
「お前に拒否権はねぇ」
　あるわ！と、蓮の頭をぶん殴ってあげたい。
　けど、総長様にそんなことをするほど、あたしも愚かじゃない。
「悪いけど、あたし……姫になる気も、蓮と遊ぶ気も、特定の男を作る気もないから」
　あたしがそう言うと、大河が笑いこける。
「クククッ!!　蓮のヤツ、フラれてやんの」
　フッたもなにも、べつに告られたわけでもないけどね。
　あれ、でもこれは、遠回しに告白されているのだろうか。
　どうなんだろう。
　わけがわからない。
　暴走族っていうのは、こういうものなのだろうか。

　そんな大河をにらんでいる蓮に、颯がなにかを耳打ちする。
　蓮はなにを聞いたのか、少し目を見開くと、ニッと笑ってあたしを見た。
「お前、ひとり暮らしだろ？」
「……なんで知ってんの」
「今、颯に調べさせた」
　どういうことだろう。
　颯に調べさせた？
　それって、あたしの情報をコイツらが持ってるってこと？
　勝手に調べたって、それってプライバシーの侵害（しんがい）じゃないか。
　それに、どこまで知ってるんだろう。
　過去にあった出来事とかも調べられたりするのだろうか。
　だとしたら、正直面倒くさい。
　あたしの過去のことは、誰にも知られたくない。
　もし知ったら、あたしを遊び人として見ることはなくなるかもしれないけれど、同情なんかされたくない。
　でも、蓮たちがあたしを見る目は変わっていない。
　そこまでは調べられていないことはあきらかだった。
「……そっか。べつに、そのとおりだよ？　あたしはひとり暮らし。だからなに？」
「お前、ここに住め」
「はっ？　いや、意味わかんないし」
「理解しろ。今日からお前はここに住め」
「え、だから、なんでそんな話になっちゃったの」

「いいから住め」

　そう言いきる蓮に、あたしはため息をついて言う。

「ここに住んだら、男と遊ぶ時間が減るじゃん。言っとくけど、あたし帰るのはいつも遅(おそ)いし」

「姫のお前を、ひとりで出歩かせるわけねぇだろ」

「……姫になんてならないって」

「あ？」

「……なんでもない」

　今までとは比べものにならない恐ろしい目つきの蓮のにらみに、縮こまってしまう。

　これにビビらないような一般(いっぱん)人がいたら尊敬する。

「じゃ、決まりな。ここに住め」

「……ヤダ」

　それでもそう言うあたしに、蓮はニヤリと笑って言う。

「ここに住んだら、家賃なしだ。しかも、光熱費も全部払(はら)わなくていい。食費もかからねぇ」

“家賃なし”

“光熱費もなにもない”

“食事無料”

　なんて夢のような、すばらしい条件だろうか。

　通帳に入ったお金だけで生活しているあたしとしては、お金を使わなくていいのなら、その方がいいに決まっている。

　でも、逆に問題もできる。

　男と会えないし、蓮の女にならなきゃいけないし、遊ぶことも自由にできなくなる。

いろんな男と遊んで、だまして、溺れさせる。

それはある意味快感で、あたしの精神安定剤。

それがなくなるのは、あたしにとっては一大事だ。

どっちを取るべきなんだろう。

悩み、うなるあたしをよそに、蓮が言う。

「住むだろ？　つーか、さっきから言ってるが、拒否権はなしだ」

拒否権なしって、いったい誰が決めたんだろう。

あ、蓮しかいないか。

なんて思いながら、蓮に視線を向ける。

「あのさ、ここに住めって、他にも誰か住んでんの？」

「あ？　俺も住んでるし、こん中だったら隼以外は全員住んでる」

驚愕の事実に、思わずぽかんとしてしまう。

隼はさっき父親と住んでるって言ってたから、ここには住んでないんだろうけど。

それ以外は全員住んでるとか、驚きだ。

「ま、拒否権はねぇしな。今住んでる家、引きはらってこい。服とかは買いそろえてやる」

またも聞こえた驚愕ワード。

“買いそろえる”って、服とか新調するってことですかね。

どこからそんなお金が出てくるのか、不思議でしかない。

だけど結局、あたしに拒否権はないらしく……。

「昼飯食ったら出かける。そんときに家引きはらって、必要なもんだけ持ってこい。で、服とかは繁華街で買いそろえる」

そのとき、悟（さと）った。

あたしが住むことはもう決定事項（じこう）で、本当に拒否権がないんだと。

納得（なっとく）がいかないながらも、颯によって出された、昼ご飯らしいコンビニのパンにかじりつく。

あたしの手に収まるくらいの小さなパンだったけれど、それだけでお腹（なか）はいっぱいになった。

蓮はみんなが食べおわったのを見はからって、立ちあがる。

「出かけるぞ」

蓮の呼びかけで、みんなが立ちあがった。

「真梨も」

蓮に呼ばれて、あたしも立ちあがってついていく。

そして、黒塗りの高級車に乗せられた。

それは倉庫に来るときに使っていたものと一緒で、運転手さんも同じだった。

外っ面（つら）が黒なら内装（ないそう）も黒で、３列７人乗り。

助手席に颯、２列目の右にタカ、左に隼、３列目の右に蓮、左に大河。

そして、蓮と大河に挟（はさ）まれてるのがあたし……。

あ、ちなみに運転手の厳（いか）つい兄ちゃんは、和也（かずや）さんというらしい。

それから、家へ行って通帳などの必要なものを持って不動産屋へ行き、家を引きはらった。

　というより、引きはらわされた。

　下着とかも全部新しく買いそろえてくれるって言うから、お言葉に甘えて買ってもらうことにした。

　というか、アパートを引きはらってしまって、もう倉庫に住むことは確定だったから、開きなおるしかなかった。

　あたしに残された逃げ道は、完全に断たれてしまった。

　あたしは今日から、ここに住む。

　17歳。

　あたしの人生が、変わりはじめていた。

two

獅龍

【真梨side】
　平日の昼間の繁華街。
　あまり人はいないけど、学校をサボっている高校生がチラホラ。
　そして、あたしと獅龍のみんなを見た瞬間、表情を変える。
　獅龍のみんなには、尊敬、好奇(こうき)、憧れ(あこが)の視線を。
　あたしには、嫉妬、好奇、軽蔑、憎悪(ぞうお)の視線を。
　同じ“好奇”の視線でも、あたしと獅龍じゃ全然ちがう。
　獅龍には“憧れ”にも似たような視線で、あたしには“誰でもヤらせてくれる”っていう、ヤりたい男子からの視線。
　それと同時に、たくさんの罵声も飛んでくる。
「なんで獅龍の皆さんといんのよっ」
　とか。
「色目使いやがって、お前は他の男と遊んでろよ!!」
　とか。
「獅龍の皆さんは、あんたが近づいていいような人たちじゃないんだよ！　この淫乱(いんらん)女!!」
　とか。
　いつも思うけれど、本当に言われ放題だ。
　興味ないし、いつものことだし、どうでもいいけれど。
　でも今日は、獅龍といるからか、いつも以上にひどい。
　やっぱり、獅龍の存在ってでかいんだなぁ、と今さらながらに感じる。
　みんなもたいして気にしてないみたいだから、あたしも気にせずに歩いた。
　繁華街をしばらく歩いて着いたのは、すっごい高いと有名なブランドのお店。
　蓮は気にすることなくそこに入り、あたしも呆気にとられながらもあとに続いた。
　中に入ると、そこは高級感あふれる店内。
　壁や床、天井は白く、なにかの石でできているみたい。
　でも、服などを入れてある棚などは、すべてまっ黒。
　モノトーンで整えられた店内だった。
「いらっしゃいませ」
　お姉さんの声で迎えられる。
　高校生の間では有名なあたしも、社会人の中ではどうでもいい存在らしく、とくにヘンな視線も飛んでこなかった。
「今日はどういったご用件で？」
　男物もあるこの店でよく買い物をしているのか、慣れたようにお姉さんが蓮に聞く。
　すると蓮は、「コイツに服を買いたい」と言って、あたしを差しだした。
　お姉さんは「お任せください」と言うと、あたしを試着室に誘導する。
「今、服を持ってくるんで待っててくださいね～」
　お姉さんはニッコリと笑って、背中を見せて去っていく。
　この状況に呆気にとられていると、試着室のそばまで来たみんなが笑っている。

「ちょっと。なに笑ってんの。っていうか、服は自分で決められないわけ？」

「俺が買うんだから、俺が決めるに決まってんだろ」

蓮の俺様発言にあっそ、と答えるけど、この男……下着まで俺が決める、なんて言わないよね？

デリカシーもあったもんじゃない。

下着だけは自分で決めよう、と決意した。

しばらくするとお姉さんが戻ってきて、服をあたしに手渡し、「ごゆっくり～」と言ってカーテンを閉めた。

あたしは閉められたカーテンをしばらく眺めたあと、服に視線を落とした。

渡された服は、小花柄のシフォントップスに、デニムサロペット。

ショート丈のサロペで、足が出るようになっている。

こんな可愛らしい服は着たことがなくて、なんだかむずがゆい。

あたしはそれを着て、カーテンを開けた。

すると、お姉さんが「お似合いですよぉ」とニッコリ笑う。

みんなはというと、呆気にとられていて、顔が赤くなってるヤツも数名。

お姉さんが蓮に「どうですか？」と聞くと、「次」と言っただけ。

お姉さんは次の服をあたしに渡して、カーテンを閉めた。

ていうか、今の服はどうだったんだろうか。

買うのか買わないのか、わからない。

そう思いながら、次の服を見る。

渡された服は、レースワンピ。

丈が短くて、パンツが見えそう。

そんなことを思いながらも、着替えてカーテンを開ける。

さっきと同じような感じになって、「次」という蓮の声で服をまた渡され、カーテンを閉められた。

そのやりとりがしばらく続き……。

蓮のヤツ、いったい何着買う気だろうか。

さすがに疲(つか)れてきた。

たくさん服を着られるのはうれしいけど、きつい。

しかも、全部買うとか言わないよね？

はぁ、とため息をつきながらも、「ラストな」と蓮に渡された服を着る。

最後の服は、白ゆるニットと、白フリルのミニスカート。

てか、思ったんだけど……。

最初のサロペ以外、全部スカートだった気がする。

しかも、全部ミニの。

蓮はスカートが好きなのだろうか。

はぁ、とため息をつきながらもカーテンを開ける。

あたしの姿を見たお姉さんが、「どうですか？」と蓮に問うけど、蓮は視線をあたしに向けたまま無言。

本当に、どう思ってるんだろう。

するとゝ「全部買う」と答えた蓮。

え……？

お姉さんは満足そうにうなずくと、「着ていかれますか？」と蓮に聞いた。

蓮がもちろん、というようにうなずくと、お姉さんは「では、サンダルなども取ってきますね～」と言って、離れていった。

……それより蓮、全部買うって言わなかった？

ということは、今まで着た服、全部ってこと？

そういうことなの？

……コイツ、どんだけ金持ちなんだろう……。

そのあと、お姉さんが持ってきたブーツサンダルを履いて、服のタグを取って、ネックレスをつけられた。

靴も数点買いこんだらしく、量は何袋にもなっていた。

蓮はそれを颯とタカに持たせると、会計を済ませ店を出ていく。

あたしもあわてて、そのあとを追った。

「あのさ、蓮……」

「なんだ」

「あんなに買いこんじゃって、いいの？」

顔色をうかがうように、見あげながら聞く。

サンダルのヒールで少しは身長が高くなっているものの、やっぱり蓮は大きくて、見あげないと顔が見えない。

……みんなそうなんだけど。

「いいんだよ。で、次はなんだ？　下着か？」
「あ、うん」
　あたしがそう答えると、次は下着屋に向かうようで。
　黙って蓮についていった。

　下着屋の前に着くと、さすがに中には入れないのか、好きなだけ買ってこい、と現金を渡された。
　渡されたのは、諭吉(ゆきち)さんが……10枚。
　……渡しすぎだよね？
　そういえば、さっきの店ではカードで払ってたけど……現金も持ち合わせているのか、この金持ちは。
　あたしは軽く大金を渡す蓮にムッとしながらも、下着屋の中に入った。
　そのまま好きなのを数枚買って、店を出る。
　残った現金を蓮に渡すと、こんなに余(あま)ったのか？と言われたけど、シカトしておいた。
　この金持ちには、庶民(しょみん)の気持ちがわからないらしい。
　だって、そうじゃん!?
　そんなに大量に買っても着ないよ！
　気に入ったものが数枚あれば、それでいい。

　そのあとも、その他もろもろを買いこみ……。
　いつの間にか空は暗くなっていて、夕食を食べるということで、個人が経営していると思われる店へと来た。
　中に入ると、ひとりのおじさんに迎えられた。

「お、来たかぁー！　今日は来るの、早くねぇかー？」
「まぁな」
　蓮に続いて店に入ると、おじさんは目を丸くしてあたしを見た。
「んん？　蓮の彼女か？　えらい美人さんだが」
　……蓮の彼女ですか、おじさん。
　“姫”ってことは、そうなるのかもしれませんが。
　あたしは認めてないし、そうではありませんよ？と思ったけど。
　「そんなところだ」という蓮の言葉で、肯定(こうてい)されてしまった。
　結局あたしは、そういうポジションになっちゃうのか。
　ブッスーッとしているあたしに、おじさんは笑って言う。
「そうか、蓮の彼女か。わしゃ、シゲってもんだ。シゲさんって呼んでくれ」
「えっと……、水川真梨です」
　はがれかけていた仮面をもとに戻して、ニッコリ笑って言う。
　そんなあたしにおじさんはまた笑うと、席に案内してくれた。
　案内されたのは、６人座れるボックス席。
　あたしは一番隅の窓側に座らされ、その横に蓮、そのまた横に颯が座る。
　そして、あたしの前には大河、蓮の前には隼、颯の前にはタカが座った。

蓮はメニュー表をあたしに渡すと、決めろ、と促(うなが)してくる。
でも、あたしお腹空(す)いてないし。
どうしよう。
とにかく、メニューから量の少なそうなものを探す。
オムライスやハンバーグなどの洋食から、定食などの和食もある。
あたしは悩んだあげく、量が少なそうなシーザーサラダだけにすることにした。
蓮はそれだけでいいのか、という視線をあたしに向けたけど、あたしはいいの、と言ってそれにした。
注文を取りにきたシゲさんに、あたしはシーザーサラダ、蓮はナポリタン、颯はドリア、大河は焼肉定食、隼はオムライス、タカはラーメンを頼(たの)んだ。
あたし以外全員、大盛(も)りだった。
よくそんなに入るよね、と運ばれてきた料理を食べるみんなを見て、心底思った。
しかも、あたしがサラダを食べおわるのと、大盛りのみんなが食べおわるのがだいたい同じタイミングで、食うの早っ！と面食らったのは言うまでもない。
そのあと少し雑談して、あることを告げられた。
内容は、このあと倉庫であたしが姫になることを獅龍のメンツに伝える、ということ。
「とりあえず、獅龍のメンツに紹介な。傘下(さんか)にはそのうちに……」
と言う蓮に、「傘下ってなに？」って聞いたら、あきれた顔で「俺らの下についてる族のこと」と教えてくれた。
　そんなにいっぱい人がいるんだ。

　店を出ると、来たときと同じ黒の高級車に乗って倉庫に向かう。
　車の中で考えるのは、このあとの紹介のこと。
　獅龍のメンツは、そんなにいい視線であたしを見ない。
　さっき倉庫に行ったときも、好奇、嫉妬、憎悪の視線はないけど、軽蔑の視線をあたしに向けてきた。
　どう考えても、あたしをよく思ってないのは目に見えてるし、あたしも好きでそんなところにいたいとは思わない。
　でも、アパートも引きはらっちゃったし、住む場所がないのも事実。
　だからといって、適当な男の家を転々とするのは嫌だしなぁ。
　そんなんで“付き合ってる”とかカンちがいされたら、たまったもんじゃない。
　それに、“姫＝(イコール)総長の女”らしいけど、あたしは“姫”になる気も“総長の女”になる気もない。
　あくまで名ばかりの“姫”であって、形だけの“総長の女”。
　というか、じつは……あたしって、男とちゃんと付き合ったことないんだよね……。
　“カレシ”というものに興味もなかったし、男自体が復讐の対象でしかなかったから。

形だけだとしても、蓮が初彼氏になるのかと思うと、なんか納得できない。

あたしは彼氏を作る気はないし、それが蓮っていうのも嫌。

たしかに顔は、申し分ないくらいカッコいいけど。

黒髪で一見、不良には見えないけど。

それでも、あたしは……あの、銀の瞳が苦手だ。

あたしを見つめる、なんでも吸いこんでしまいそうな目が。

自分だって今までいろんな女と遊んできただろうに、あたしを"遊び人"として見る目が、嫌いだ。

自分は正しくて、お前はまちがってるって、そういう風にあたしを見る目が、嫌いだ。

あたしのことなんて、なにも知らないくせに。

"今までさんざん遊んできたんだろ？"って、"遊んでも虚しいだけだろ？"って、知ったようなことを表情で問いかけてくる。

たしかに、ここ数年はさんざん遊んだ。

男を利用して、だまして、夢中にさせて……捨てることに、快感すら感じた。

でも、その前は普通の女の子だった。

あんたには、わからないでしょう……？

なにもしてないのに、"遊んでる""男取られた""淫乱女"って言われた、あたしの気持ちが。

あたしだって、最初は遊んでなかった。

その"行為"自体に虫唾(むしず)が走ったし、その"行為"がひとつのあたしの過去だから。

なのに、あたしはさんざんそう言われて。

なんで言われるのかって考えたら、この顔だからで。

親に“産んで”って頼んだわけでもないのに生まれてきて、なにこの人生。

そう思って、開きなおった結果がこれじゃない？

あたしだって、十分苦しんだ。

人それぞれ、いろんな苦しみを抱(いだ)いてるんでしょう？

隼の女嫌いのように、苦しみを抱いているんでしょう？

なら、誰かがあたしの苦しみに気づいてくれてもよかったじゃん。

どうせ、あんたも一緒でしょ？

あたしの苦しみも知らずに、あたしのこと言いたい放題言って、罵るんでしょ？

それとも、その辺の男たちみたいに、遊ぶだけの関係？

それもそれで、いいけど。

どっちにしろ、あたしを助けてくれる人なんていないし、助けてほしいとも思わない。

苦しみに気づいてくれる人なんていないし、気づいてほしいとも今さら思わない。

……でも。

でも、少しでいいの。

少し、ここで過ごしてみたい。

そう思っている自分がいる。

蓮は嫌いだけど、隼や大河もいるし。

ここなら、なにかを見つけられる気がするの。

なにかが、変わる気がするの。
だから、お願い……少しだけ。
すぐに出ていくから。
あたしを、ここに置いて。

姫

【真梨side】

　倉庫に着くと、運転してくれていた和也さんにお礼を言って、車から出る。

　そのまま蓮に手を引かれて倉庫に入ると、そこには招集(しょうしゅう)をかけられたのか、大量の不良たち。

　カラフルな頭をして、困惑(こんわく)の表情を浮かべている。

　そりゃあ、そうだろう。

　だって、憧れの総長たちと一緒にいるのは……コイツらが"軽蔑"している、あたしなのだから。

　でも、蓮は気にするそぶりもなく、幹部クラスしか入れない部屋へと続く階段をあがると、下にいるメンツたちを見おろした。

　あたしは蓮の横にいて、あたしの逆隣りには、大河。

　うしろには隼、颯、タカがいる。

　蓮が見おろすと、少しざわついていた倉庫がシーンと静かになった。

　やっぱり、総長なんだと実感した。

　静かになったメンツを見て、蓮は話を始める。

「今日は、お前らに話があって招集をかけた」

　そんな蓮の言葉に、倉庫内は少しざわつくが、すぐに静かになる。

「お前ら、この女……水川真梨のことは知ってるだろ」

蓮がそう言うと、一番前にいた、少し子どもっぽい赤の髪の毛をした子が口を開く。
「蓮さん、知ってるもなにも、その女は俺らが一番嫌いな女ですよ！」
おそらくは、メンツの中で一番上の立場なのだろう。
正直に言ってくれた赤髪くんに、笑みがこぼれる。
ハッキリ嫌いって言ってくれて、よかった。
その方が、ここを出ていくときに、なんの思い入れもなく出ていけるから。
でもね、今のあたしにはもう、帰る場所がないんだ。
家もなにも……親さえ、あたしにはいないの。
赤髪くんに便乗（びんじょう）するように、「そうですよ！」と次々に声があがる。
けれど、蓮の「黙（だま）れ」という声ですぐに静かになった。
「……俺は、真梨を姫にする」
蓮がそう言った瞬間、倉庫が今までにないほどざわついた。
そんなメンツに、タカが一喝（いっかつ）。
「うっせぇ!!　言いたいことあるヤツは前に出て言え!!」
タカ、あんた、ただのバカじゃなかったんだね。
ちょっと見直したよ。
タカの声で倉庫は静かになったけど、赤髪くんがなにか言いたそうに「蓮さん！」と呼ぶ。
蓮が「なんだ」と聞くと、赤髪くんが口を開いた。
「なんで、真梨……さん、なんですか……？　俺らは、蓮さんたちが決めた姫なら反対しないつもりでしたっ！　でも……!!　真梨さんは、あの水川真梨なんですよ……？　蓮さんたちも、嫌いなタイプの女じゃなかったんですか!?」
　べつに、気にはしないけど。
　なんか、あたしのことをもっとちがう風に見ている気がする。
　たしかにあたしは、“あの”水川真梨だし、あんたたちが嫌いなタイプなんだろうけど。
　コイツがあたしを見る目は嫌いっていうより、恨んでいるような、そんな感じ。
「俺は……っ、水川真梨に男を取られた女を見たことがありますっ！　そいつは、本当に相手の男のことが好きだった！　本当に大事に想ってた!!　でも……っ、男は水川真梨の方を選んだんです!!　それなのに、遊んで捨てて……俺はその水川真梨を姫にして守るなんて……できませんっ!!」
　ひどい言われようだね、あたし。
　でもさ、やっぱりあんた、なにかカンちがいしてない？
「……蓮」
　いきなり口を開いたあたしに、メンツたちは目を見張る。
「なんだ」
「ちょっと……言わせてもらっていい？」
「あぁ」
　蓮の返事を聞いて、あたしは赤髪くんへ向きなおった。
「ちょっといい？　そこの赤髪くん」
「……なんですか」
　蓮たちがいる手前、あたしをにらめない赤髪くんは、不服そうにあたしを見る。
「あんたさぁ……その女が好きだったわけ？」
「だったら……なんですか」
「ふぅん。その女のこと、本気だったんだ？」
「そうですけど」
　赤髪くんの返事を聞いた瞬間、アハハッと乾いた笑いがこぼれる。
「なっ、なんなんですか!?」
「あのさぁ〜……あたし、その感情わかんないんだよね」
　ゆるんだ頬をもとに戻して、赤髪くんをにらむ。
「あたしは、その“好き”って感情自体、抱いたことがないし、それを理解しようとも思ってない。だけどさ、いっつも思うんだよね。たとえ付き合ってたとしても、他の女のところに行っちゃったってことは、その程度の想いだったってことじゃないの？」
　そんな男、この世の中にはたくさんいる。
　その男に出会ってしまったその女の子には申し訳ないけれど、そんなのあたしにとってはどうでもいい。
「それに、あたし無理やり男を誘ったことなんてないし。その男をしっかり捕（つか）まえてないその女が悪いんじゃん。あたしはいちいち男なんて覚えてないし、それを恨まれても困る。ついでに言うと、あたしは男を取った覚えはない。あたしは乗った男と遊んだだけ。悪いことをしたとは思わない」
　あたしの言葉に、赤髪くんは顔をまっ赤にして口をパクパクさせている。
「言っとくけど。あたし、今言ったことがまちがいだとも思わないから」
　そう付けくわえてから、蓮に場を引きわたした。
　そんなあたしに蓮は、言ってくれんなぁ、と少し笑った。
「……と、まぁこんなヤツだ……お前らが反対するのはわかってる。だから、俺は猶予期間を設けることにしようと思う。期限は今から５月が終わるまでだ。約２週間、コイツをちゃんと見てろ。わかったな」
「俺らが……認めなかったら、どうするんですか？」
　赤髪くんがそう言うと、蓮は余裕そうに笑った。
「そんときは、そんときだ」
　そのあと、「今日の話はこれだけだ。いきなり招集かけて悪かったな。解散」と付けくわえて、あたしを引っぱって部屋へと入った。

　部屋に入ると、大河とタカが笑いこける。
　颯もクスクス笑って、「真梨ちゃん、言ってくれるねぇ」って言ってるし。
　まぁ、それはどうでもいいんだけど。
　ひとつ、聞いてないことがあった。
「猶予期間って……どういうこと？」
「あ？　言ってなかったか？　どうせアイツら、認めねぇだろ？　……だから、つけた」
　今の蓮の説明じゃよくわからないけれど。

結局は、どうせ認めてくれないから、認めさせるために猶予期間を与える、ってことだよね？

……猶予期間を与えても、結果は一緒だと思うけど。

まぁいっか。

ここにいるのは、少しの間だと思うし……。

というか、それよりも気になることが。

「ねぇ、蓮……あたし、どこで寝るの？」

うん、これ疑問だよね。超(ちょう)疑問。

大河たちがどこで寝てるかもよくわからないし……あたしは、いったいどこで寝るわけ？

「あ？　なに言ってんだ。お前は俺の部屋で寝るんだよ」

……は？

今のって、蓮が言ったんだよねぇ？

なに、あたし、蓮の部屋で寝るわけ？

絶対……ヤダ。

「……ベッドってふたつ？」

「ひとつに決まってんだろ」

「……冗談？」

「なわけねぇだろ。天下の水川真梨が、なにビビッてんだよ」

んなぁ！

ビビッてないし!!

ただ、あたしは不良とはシないし、寝るなんて無理!!

ベッドがひとつって、イコール一緒のベッドで寝るってことでしょ!?

いやいや、無理でしょ。

なにかまちがいが起こっても困るし、嫌だし、絶対に無理だ。

同じベッドで寝たくないって、あたしは反抗期の小学生かっての。

……と思うけど、少しでも行為をする可能性があるなら回避（かいひ）したい。

それに、それなら一番安全そうな隼と寝た方がマシ!!

そう思ったあたしは、ふと思ったことを聞いてみることにした。

「……じゃあさ、大河たちはどこで寝てんのさ」

「んぁ？　俺ら？　俺らは幹部用の寝室で寝てるぜ？」

大河が答える。

「……幹部用？」

「あぁ。蓮と真梨が使うのが総長室だろ？　で、ここが幹部室。そして、幹部の俺たちが寝泊（と）まりに使うのが幹部寝室」

……なるほどね。

というか、ここは幹部室っていうんだね。今知ったよ。

でもさ、それなら……。

「あたし、その部屋じゃ……」

「ダメだ」

そうですか……じゃないよ、嫌だよ。

普通に蓮と同じ部屋で、ひとつのベッドで寝るなんて無理だ。

「なんでダメなの？」
「お前は俺の女だろ」
「あんたの女になった覚えなんてない！」
「じゃあ今覚えろ」
「覚える気もない!!!」
「じゃあ覚える気になれ」
「だ〜か〜ら〜！　……もう嫌」
　あたしがそう言ってため息をついた瞬間、蓮は勝った、というように笑う。
　くやしい。
　あたしは、くぅ〜っとうなった。
　でも、蓮は気にしてないらしく。
　壁にかけてある時計を見ると、「風呂入れ」と言って、あたしをこの部屋の奥にある扉の方へ連れていった。
　蓮が扉を開けると、あたしも引っぱられて一緒に中に入った。
　部屋の中で一番目立つ物は、黒のキングサイズのベッド。
　それはとても広くて、シンプルで。
　とても寝心地がよさそうだ。
　他には、ガラステーブルと黒のふたりがけソファ。
　それから、黒の全身鏡と、奥にはお風呂やトイレもあるみたいだ。
「蓮、ここって……？」
「総長室」
　そうですか、そうですか。

ここにはなんでもそろってるんですね、なんでも屋なんですね。

部屋の中を見渡していると、蓮はあたしを離してお風呂の方へ入っていく。

しばらくして出てくると、「今、風呂沸かしたから、10分くらい待て」……だってさ。

結局あたしは、ここで風呂に入るんだね。

あれ？

でもさぁ……。

「他の人は、どこで入るの？」

「……この倉庫には、風呂はふたつしかねぇ。総長室の風呂と、他のヤツらが入る大浴場がある。大浴場はのぞかれる可能性があるから、お前はここで入れ」

「……そう」

大浴場……ねぇ？

あのさ、思ったんだけど……。

なんでこの倉庫に、幹部室やら総長室やら、大浴場があるわけ!?

暴走族は、金持ちなのか？

そんなことを考えるあたしに、蓮はほれ、とバスタオルを渡す。

「あ、ありがとう……」

「べつに……あ、今日買った物、片づけとけよ。そこに置いてあるから」

蓮の指が差すところには、山積みになったショップの袋。

あたし、そんなに買いこんでたんだ、と今さらながらに思う。
「どこに片づければいいの？」
「右のクローゼット使ってねぇから、そこ使え」
「わかった」
蓮にハサミを手渡され、ひとつひとつ買った物のタグを外してクローゼットに片づけた。

そのあと、今日買った淡(あわ)いピンクのヒョウ柄のショートパンツと猫耳つきパーカ、そしてピンクのレースのブラとパンツを持って洗面所へ向かった。
蓮はというと、さっき片づけてる最中に、風呂入ってくる、と出ていったから、のぞかれることはないと……思う。
蓮は大浴場の方に行ったんだよね？
ま、どっちにしろ、安心して入れるってことだよね。
総長室ってことは、蓮以外は入ってこないだろうし。
あたしは着ていた物を全部脱ぐと、お風呂の扉を開けた。
お風呂場は、目がチカチカしそうなくらい、まっ白。
バスタブも普通のお風呂よりちょっと大きくて、入浴剤はローズの香(かお)りがするピンク色の物。
なんか、ちょっとリッチな感じ。
あたしは体にお湯をかけると、バスタブの中に足を踏みいれた。
――チャポン。
音を立てて、お湯の中に入る。

お湯の温度はちょうどいい感じで、ゆっくり入れそうだ。

それにしても……。

たった1日なのに、いろんなことがありすぎた。

鳴連に転校して、大河に襲（おそ）われそうになって、屋上で本性がバレて。

でも、なぜか気に入られて、獅龍にラチられて、“姫”にされて……“総長の女”にされて（認めてないけど）。

それから、アパート引きはらわされて、生活に必要な物買ってくれて、メンツに紹介されて、反対されて、猶予期間を与えられて。

そして、今……お風呂に入っている、と。

いろんなことがありすぎて、頭痛くなりそうだ。

でも、その前にのぼせそう。

そう思ったあたしは、バスタブからほてった体を出して、髪を洗った。

すると現れる、あたしのハニーブラウンの髪。

一応、スプレーは持ってきたけど、この髪、蓮たちに見られるんだよね……。

蓮たちは、あたしの本当の“色”を見たら、なんて言うんだろう……。

気持ち悪いって言う？

ヘンな目で見る？

それとも……ハーフだとでも思うんだろうか。

まぁ、それが妥当（だとう）だろうな。

あたし自身も自分がハーフなのか、よくわからないのが本音だ。

　でも、なんて思われてもいっか。

　その方が……アイツらも、あたしから離れやすくなるでしょ。

　そしてきっと、その方がなにも感じなくてすむ。

　誰もいないお風呂の中、フッと自嘲ぎみに笑った。

殺して

【真梨side】

お風呂からあがると、すぐそばに置いておいたバスタオルで体を拭(ふ)く。

下着をつけてルームウェアを着ると、洗面所から出た。

総長室には蓮も誰もいなくて、あたしはすぐに幹部部屋へと入った。

けれど、そこにも誰もいなかった。

幹部部屋にはひとつのテーブルを囲うように、白ソファが４つ置いてある。

一番奥のひとりがけのソファには蓮が座ってたから、きっと総長しか座っちゃいけないんだと思う。

そんなことを思いながら、３人がけのソファに腰をおろした。

すると、灰皿があることに気がついた。

……タバコ、吸いたい。

蓮が来たら、きっと吸っちゃダメって言うよね？

……今のうちに吸ってしまおう。

あたしは総長室からタバコを持ってくると、火をつけてタバコをふかした。

それから少しすると、蓮たちがぞろぞろと戻ってきた。

蓮はタバコを吸っているあたしを見て、眉間にシワを寄せる。
「真梨、なに吸ってんだよ」
「べつに、いいじゃん。ニコチン切れたんだもん。本当なら、ついでにアルコールも摂取したいくらい。それに、蓮たちもそれなりに吸ってるみたいだし……そんな中、あたしだけダメってありえないでしょ」
　そう言って、ほら、と灰皿の中の吸い殻を指さす。
　蓮はあきらめたのかため息をつくと、奥のひとりがけソファにドカッと腰をおろした。
　それからしばらくしても扉の前で動かない４人。
　不思議に思ってそっちを見ると、颯はハッとしたように動きだして、他の３人は顔を赤くしたまま固まっていた。
「……どうかしたの？」
　あたしが問いかけると、３人とも我に返ったよう。
　なんとなく、みんなが固まっていた理由はわかる。
　あたしの髪色が変わってて、しかも生足を放りだしていて、男子が言う“色気”ってやつが出てるんだと思う。
　あたしの近くに立った大河が、そっとあたしの髪をすくう。
「真梨、髪色変えてたのか？」
「うん、いつも変えてる」
「へぇ、これって地毛？　目は？　ホンモノ？」
「地毛だよ。全部、ホンモノ」
　そう言った瞬間、少し声のトーンを落としたあたし。
　大河がどう思ったのかはわからないけど、ハーフなのか？とは聞いてこない。

かわりに、テンパなのか？と聞かれた。

たしかに、あたしのクルクルの髪は天然パーマ。

でも、天然のくせに傷んでないんだよね。

水気を含んだ髪は、くるくると円を描いている。

「そうだよ。テンパ」

「ふーん、綺麗なもんだな」

“綺麗”か……。

言われなれた言葉。

そして、言われなれたくない言葉。

綺麗だねって言われると、普通はうれしいかもしれないけど……。

あたしからしたら、綺麗になんて生まれたくなかった。

むしろ、こんな人生を送る要因になった、この容姿を憎んでる。

それからしばらく雑談をして、寝ることになった。

まだそんなに眠くないけど。

あたしはもちろん、蓮の部屋で蓮と寝るわけで。

あたしは蓮に抱きあげられ、総長室に連れていかれた。

そのままベッドへ直行。

あたしを座らせると、ベッドの上で蓮はあたしを抱きしめた。

「れ、ん……？」

体が固まっていくのがわかって、声がこわばる。

なんであたし、蓮に抱きしめられてるんだろう。

なんで蓮は、あたしを抱きしめてるんだろう。

なんでなんで、と疑問ばかりがあたしの思考回路を埋めつくす。

でも、蓮はそんなあたしに気づいているのか、いないのか。

少し体を離して、親指をあたしの唇に這わせる。

そしてそのまま、あたしの唇に、蓮のそれを押しつけた。

あたしは、なにがなんだかわからなくて。

わかるのは、好きになれない不良とキスをしている、という事実だけ。

見開いた目に映るのは、蓮の長いまつ毛。

ただ触れるだけのキスに意味がわからなくなって、蓮の胸をドンドンとたたいた。

それでもなかなか離れてくれなくて、いつの間にか座っていた体勢が、ベッドで寝ている体勢に変わっていた。

つまり、あたしの上に蓮がいる。

「い、いや！」

そう声をあげると、唇が離れる。

あたしはその瞬間、蓮から顔をそらした。

しばらくそのまま硬直するあたし。

そんなあたしに、蓮の視線が突きささる。

「な……に、すんのよっ!!」

我に返ってそう言うと、蓮を下からにらみつける。

でも蓮は、無表情であたしを見おろしている。

そんな姿に、鳥肌が立った。

蓮は「うるせぇ」と言うと、また唇を近づけてきた。

「いやっ!!」

そう言って、顔をそらす。

でも、蓮はそれを許してはくれない。

蓮の手によって正面に向けられた唇に、蓮はさっきとはちがって食いつくように口づけた。

男の人の力には敵わないとわかっていても、あたしは必死に抵抗する。

本当に、嫌だった。

怖かった。

あの夜を、思い出してしまいそうだった。

あの、母親のせいであたしを……はじめてを、奪われた夜を。

精いっぱいの抵抗も、両手を蓮に拘束(こうそく)されたことでできなくなった。

両手が頭の上で束ねられて、ビクともしない。

あぁ……あたし、このまま蓮と……。

そんなの……ヤダ。

舌(した)が入ってきそうになって、グッと唇を噛みしめるけど、蓮はいとも簡単にあたしの中に入ってくる。

蓮の舌が逃げまわるあたしの舌を絡めとって、頭がボーッとする。

蓮はキスに夢中なのか、なかなか離してくれなくて。

あたしの唇に食いつくように、食べてしまうように、しばらく唇を離してくれなかった。

「はぁ……っ」

やっと離れた唇にホッとしながら、息を整える。

経験があるといっても、キスなんかほとんどしたことない。

そんなあたしは、激しいキスには免疫（めんえき）がなかった。

息が整ってから、蓮をにらみつける。

「なんで、キスなんかすんのよ。あんたなら、蓮なら、いくらでも女は寄ってくるでしょ……？　あたしとこんなことする必要なんてないじゃない!!」

あたしがそう言った瞬間、蓮はクッと笑う。

「俺がなにしようが、俺の勝手だろ？　俺が真梨とヤッてみたいから。それじゃダメなわけ？」

ダメに、決まってんじゃん……。

あたしは、誰ともそういうことをする気なんてないんだから。

……でも。

ここに、蓮とふたりきり。

ベッドに男女がふたりきり。

誰も、乱入する人なんていない……。

あぁ、そっか。

あたしには、蓮とする道しかないんだ。

どっちにしろ、蓮が逃がしてくれるとは思わない。

それなら、もういいよ。

……でもね、条件がある。

あたしが、今一番望んでることを叶（かな）えて。

「いいよ、シても。でもひとつ、条件があるの」

「……条件？」

「そう。あたしのお願い……ひとつ、聞いてくれない？」
「……なんだよ」
　そう言ってあたしを見る蓮に、フフッと笑う。
「あたしを……殺して？」
　そんなことを言うあたしに、蓮は面食らったように目を丸くする。
「ねぇ、殺してよ。殺して。殴ったっていいから。だから。だから……醜いこの顔を、あたしを……殺して……!!」
　蓮の服をギュッと握って、あたしはそう、懇願した。
　殺してと、すがった……。
　この顔が憎かった。
　あたしのすべてが、憎かった。
　この顔さえなかったら……。
　普通の容姿で生まれてきたら……。
　ずっと、そう思ってた。
　でも、この顔じゃなくする方法……あるじゃん。
　殴ればいい。
　原型がなくなるくらい殴って、殴り殺せばいい。
　殴って、あたしを……殺せばいい。
　あたしが……死ねばいい。
　なんで今まで気づかなかったのか、不思議だ。
　いや、気づいていたけど、どこかで気づかないふりをしていたのかもしれない。
「蓮は、あたしが水川真梨だからヤッてみたいんでしょう？だったら……っ」

「ちげぇ！」

いつまでも話しつづけるあたしにしびれを切らしたのか、蓮が声を張りあげる。

低い声に、あたしの肩はビクッとあがった。

「俺は、水川真梨だからじゃねぇ。真梨だからだよ」

「意味、わかんない……」

蓮の瞳と、視線が交わる。

銀の瞳は、ジッとあたしを捉えていて。

逃げられない……。

「真梨」

名前を呼ばれて、伸ばされた手に、ビクッと体が反応する。

体が……震える。

こんな状況で体が震えるのは“あの日”以来だ。

“あの日”、知らない男に、“あたし”を奪われた。

知らない男の腕が伸びてきて、あたしに触れる。

ニヤッと気持ち悪く笑う男に鳥肌が立って、体が震えた。

逃げたいのに、男の力には敵わない……。

ただただ、あたしは唇を噛みしめることしかできなかった。

蓮が、あの男とかぶって見えて。

体の震えが、止まらない……。

「真梨？」

「ヤ……ッ！　ヤダ……ッ!!」

あたしはおびえることしかできなくて、頭をかかえこんだ。

そんなあたしに、蓮はなにを悟ったのか……。

「お前……」

と言葉を漏らしてから、口を開く。

「そんなんで、“殺して”とか簡単に言うんじゃねぇ。あと少し。あと少し、生きてみろ。俺が、お前を変えてやる。それでも変わらなかったときは……俺が責任取って殺してやるよ」

その声が届いた瞬間、フワッと温かいぬくもりに包まれる。

「大丈夫だ。なにもしねぇ。今日はもう寝ろ」

そう言いおわったときには、もう蓮は上にいなくて。

あたしの顔を胸に押しつけたまま横たわって、あたしの頭をなでていた。

あたしの体は震えたまま。

なのに、なぜか無性に蓮のぬくもりに安心感を抱いた。

キュッと、蓮の服をつかむ。

なんでだろうね。

嫌。

嫌なはずなのに……安心する。

あたしは蓮の胸に体を預けたまま、そっと目を閉じた。

three

視線

【真梨side】

次の日の朝。

目が覚めたときには、もう蓮はいなかった。

ノソリと重たい体を起こして、総長室から出る。

幹部室には、制服を着て髪をセットして準備万端(ばんたん)なみんながいた。

「真梨ちゃん、おはよう」

「おはよ、真梨！」

「おはよ」

「お前、寝すぎだろ？」

「ふぁあ～……」

颯、タカ、隼、大河、蓮の順であいさつしてきて、あたしもおはよう、と返した。

大河と蓮のは、もはやあいさつじゃないけどね。

すると、大河が近づいてきて、あたしのハニーブラウンの髪をなでた。

突然の行動に首を傾げると、「寝グセ、ついてる」と大河がクスクス笑った。

まだ眠りから覚めない頭でボーッとその言葉を理解して、学校の準備してくる、と言ってから総長室に戻った。

まずクローゼットを開ける。

先に髪とカラコンをすることにして、黒のヘアスプレーと黒のカラコン、洗顔料などを持って洗面所へ行った。
顔を洗って、化粧水、乳液を塗る。
あとは赤のリップだけを塗って、化粧はしない。
化粧なんてしなくてもこの容姿だから、したら濃すぎる。
あとは寝グセを直してからスプレーで髪を黒に染めて、目に黒のカラコンを入れた。
それからふたたびクローゼットを開けて、制服を出す。
昨日はピンクのカッターシャツにキャラメル色のカーディガンだった。
あたしはそれしか持ってなかったし、今まではいつもそれだったんだけど……。
昨日の買い物で、なぜかいろんな色の物を蓮が買ってくれたんだよね。
ふぅ、と息をついてから、赤のチェックのスカートをはいて、昨日買ってもらった白のカッターシャツを着る。
その上にピンクのカーディガンを着てから、昨日はつけていなかった、紺に白と赤のストライプが入ったリボンをつけた。
首もとが苦しくないように第２ボタンまで開け、そこにハートをモチーフにしたネックレスをつけた。
ソックスは黒のハイソックスで、スクールバッグを手に持つ。
その中に、財布、ケータイ、タバコ、ライター、目薬などを入れ、総長室を出た。

幹部室にふたたび入ると、みんながこっちを向く。
なぜか、みんながあたしを凝視(ぎょうし)している。
どうしてそうなっているのか、よくわからない。
その疑問を解いてくれたのは、大河だった。
「真梨、やっぱり色、隠してるんだな」
あぁ……そういうことか。
「なんで、色変えるの……？」
隼が、おそるおそるといった様子で聞いてくる。
「べつに、ただの気まぐれ」
「そう……」
……そんなわけないのにね？
醜いあたしを隠したいから。
この“黒”は、あたしを隠すただの仮面だ。
隼の隣に座って、承諾をもらってからタバコを吸う。
ふぅ〜、と吐く煙が、空気に溶けこんで見えなくなる。
それを見ながらボーッとしていると、颯が部屋の隅に置いてある冷蔵庫をのぞきながら話しかけてきた。
「真梨ちゃん、なにか飲みたいものあるー？」
「んー……カフェオレ、ある？」
そう返事をすると、「あるよー」と言って、缶のカフェオレを手渡してくれた。
「朝ご飯はいる？」
「ううん、これだけで十分」
そう言って、颯にカフェオレを見せるように缶を振る。
颯はそんなあたしに微笑んで、ソファに座った。

しばらくして、あたしの一服も終わり、カフェオレも飲みほしたのを見はからって、蓮が言う。
「行くぞ」
それは学校へ行く、というサインで。
あたしたちは、ソファから立ちあがった。
ソファから立ちあがると同時に、そういえば今って何時なんだろう……と、壁の時計を見あげる。
時計は長い針が12、短い針が8を指している。
要するに、8時だ。
思った以上に早く起きていたらしい。
それよりも、早く起きていたみんなを見て、本当にコイツらは不良なのだろうか……と疑ってしまう。
でも、しっかりセットされたカラフルな頭を見て、やっぱり不良だな、と思う。
蓮と颯は、そんなにハデな色じゃないけどね……。
倉庫を出ると昨日の黒塗り高級車が止まっていて、あたしたちはそれに乗りこんだ。

学校の校門前で車が停車すると、それに群がる女たち。
この学校にこんなに女いたんだ……と少々あきれてしまう。
たぶん、この学校に通う女のほとんど……いや、全員が集まっているだろう。
あたしでさえ、立場はちがえど、ここにいるんだから。
昨日と同じ席に乗っていたあたしたちの中で、最初に車からおりたのは颯。

颯が車からおりた瞬間、女たちからは甲高い歓声……いや、悲鳴……というより奇声……。

とにかく……うるっさい!!

次におりたのは蓮で、颯のときよりはるかに大きな歓声があがる。

どこぞの芸能人かよって感じ……。

まぁ、そこらの芸能人よりも断然カッコいいルックスしてるしね……。

ていうかさぁ、蓮が早くおりろって手招きしてるけど。

こんな中に出ていくって、どう考えても嫉妬の嵐じゃん!?

今までと比べものにならないぐらいの罵声が飛んでくると思うんですけど!!

慣れてるっちゃ慣れてるけど……女って、面倒くさいからなぁ。

ま、言うことはいつも一緒だし、脳みそあんのかなって思うけど。

なかなかおりてこないあたしに、蓮が厳しい視線……というか、にらんできて、あたしはしぶしぶ車からおりた。

すると、一瞬シーンと静かになって、またザワザワしだした。

飛んでくる声は、やっぱりあたしに対する悪口ばかり。

「なんで、水川真梨が獅龍の方々といるのよっ!!」

「またあの女!?　顔いいからって色気使って!!」

「どうせ体で取りいったんでしょ!?　すぐに捨てられるわ

よ!!」
　など、いろいろ。
　気にもしないけど……。
　べつに色気使ってないし、体使ってもないっての。
　はぁ、とため息をつきながらも、手招きしている蓮に近づく。
　「なに？」と問うと、蓮は前ぶれもなく、あたしの肩を抱いた。
「ぎゃ──!!」
　その瞬間、校門前は悲鳴で埋めつくされた。
　悲鳴ともいえない叫び声は、嫌でも耳に響く。
「うっるさ……つーか、蓮、離してよ」
「……ヤダ」
　ヤダって、あんたねぇ!?
　こういうことするから、ヘンにカンちがいされるんでしょ!!
　これ以上、バカな女たちを煽るな!!
　怒りの矛先（ほこさき）を向けられるのは、あたしなんだからね!?
　離してよ！と、蓮の手を外そうと暴れる。
　だけど、離れることは決してなくて。
　右から蓮に肩を抱かれているあたしに、嫉妬の視線とたくさんの罵声が飛んできたのは、言うまでもない。
　それでも気にすることなく、蓮は歩きだす。
　肩を抱かれたままのあたしも、体を引っぱられるように学校の中に入った。

もちろん、うしろから颯たちもね。

２階にあがったところで１年の隼とは別れ、教室へと向かう。
そういえば忘れてたけど、隼って女嫌いなんだよね？
隼の教室にも少なからず女がいると思うけど……大丈夫なんだろうか。
あー……でも、隼なら暴言吐いて、知らず知らずのうちに精神的に傷つけてそうかも。
うん、きっとそうだな、と勝手に自己完結する。
教室へ入ると、異様な空気に包まれた。
いろんな視線があちこちから飛んできて、いたたまれない。
言いたいことがあるなら、ハッキリ言えばいいのに。
さすがに、こんなせまい、誰が言ったかわかるようなところでは言えないって？
そりゃそうか。
この教室にも少なからず獅龍のヤツがいるわけだし、総長の前であたしに文句なんて言えない。
他の男たちだって、獅龍幹部たちにビビッてるし。
女たちは顔を赤くしてキャーキャー言ってるけど、あたしに向けているのは嫉妬と憎悪の視線。
たぶん、コソコソとあたしの悪口でも言ってるんだろうな。
これだから、女って嫌いだ。
男でも、不良とかはあまり好まないけど。
チャイムが鳴って先生が入ってくると、教室の中を見て目を見開いている。

それは、あたしが朝から学校に来ているからなのか。

それとも、獅龍幹部たちが来ているからなのか。

……わからないけど。

先生は出席だけ取って早々に出ていった。

それを見て、あたしはすぐに立ちあがる。

すぐに颯が「どこ行くの？」と聞いてきたけど、「べつに」と言って出ていく。

学校に来てまで干渉されたくないし、あたしがなにしようとあたしの勝手だもの。

あたしは好きに生きる。

あたしの名前を呼ぶ大河や颯の声を無視して、屋上へ向かった。

出入り口の横にははしごがあって、上にあがれるようになっている。

あたしはそこにのぼって、寝っころがった。

ボーッと切ないくらいに青い空を見つめて、手を伸ばす。

いくら手を伸ばしたって、それに届くことはないのに。

あたしは伸ばしつづけた。

「空になりたい……」

汚れを知らない、まっさらな。

青く澄みきった、空になりたい。

叶うことなら。

すべてをやり直したい。

叶うことなら。
生まれる前に戻りたい。
叶うことなら。
空になりたい……。
伸ばした手の甲を、まぶしい太陽を避けるように目の上に当てる。
昨日の夜、あんなに寝たと言うのに。
あたしはいつの間にか、意識を手放していた。

『……いやッ!! いやぁッ!!』
『ククッ！ どんだけ叫んでも、助けなんて来ねぇよ』
『離して！ あんたはあの女に会いにきたんでしょ!?』
５年前の小さなアパートの一室。
12歳のあたしと男の言いあらそう声が響く。
まだ幼さの残るあたしにまたがる、大学生くらいの若い男。
あたしが“あの女”と指さした先には、あたしの実の母親。
『“その女”が言ったんだぜ？ あんたを好きにしていいって』
『なぁ――――っ!!』
あたしは、びっくりして声を張りあげる。
あの女はいつだって、あたし目的に男が来るためにあたしを嫌い、そんな女をあたしも母親だと思わなくなっていた。
『早くヤッちゃってよ。あたし、そいつのこと嫌いなのよね』

女はフフッと笑うと、アパートから出ていく。
あたしはただ、震えながら叫ぶことしかできなかった。

「……お……い……おい……おい、起きろ！」
誰かに名前を呼ばれて、閉じていた目を開ける。
目の前には、あたしの顔をのぞきこむように隼がいた。
「隼……おはよ」
「はよ。なんか苦しそうだったけど大丈夫？」
「ん。大丈夫」
そう言って周りを見渡すと、隼以外には誰もいない。
どうやら、ひとりで来たらしかった。
でも、ちょうどよかった。
あの日の夢を見たあとだったから。
誰かがいないと、きっとあたしはどうにかなっちゃう。
たぶん、今のあたしはとくに。
“遊び”という行為は、一種の精神安定剤。
それを禁止された今、いくら獅龍のみんながいるといっても、あたしひとりになってしまった日には、どうなるかわからない。
ふぅ、と息を吐いてから、カバンからポケットへと移されたタバコの箱を自然に取り出した。
一本取り出して、火をつける。
ゆっくり吸いこんで、吐きだした。

居場所

【真梨side】

　そうこうしているうちに、昼休みになった。
　隼とあたしだけだったはずの空間は、だんだんと人口密度をあげていく。
　幹部たちだけではなく、昨日の赤髪くんとか、下っ端の人たちも、それぞれに固まってご飯を食べたり雑談したりしている。
　ボーッとその様子を見ていると、蓮たちがやってきて、あたしと隼の周りに座りこんだ。
「よぉ、真梨。朝ぶりだなぁ？」
「なに、急に」
「いや、べつに？　ずっとここにいたのか？」
「そうだけど？」
「ふーん？　まぁいい、これメシ。食え」
　蓮から渡されたのは、お弁当。
　一般的なお弁当箱が、手作りだと主張している。
　料理が得意だと宣言していたタカの手作りだろうか。
　もらえることはとてもありがたいんだけれど、これひとつまるまる食べられる気がしない。
「これ、全部食べられないと思うんだけど」
「……は？　このくらい余裕だろ？」
　横から入ってきた大河が、心底不思議そうに言う。

「……昨日から思ってたけどさ、真梨ちゃんって、だいぶ小食だよね……」
颯もそこに入ってきて、あたしはそんなに重要なことかと首を傾げた。
「普通でしょ」
「いや、小食だって。少なすぎだろ……」
大河にもあきれたように言われ、だんだん面倒くさくなってきた。
このままこの会話をするのが嫌で、お弁当を開く。
蓮に差し出された割り箸(ばし)を使って、口に無理やり突っこんだ。
でも、やっぱり半分くらいしか入っていかなくて、蓮に残りを押しつける。
だけどそれは、蓮のひと言で返された。
「食え」
すると、大河とタカもうるさく食え食え言ってくるから、面倒くさくなって立ちあがる。
「ほら、ちゃんと食え！」
そのタカのセリフをきっかけに、逃げるように出入り口の方へ行き、そこにあるはしごをのぼる。
すると、下から声が聞こえた。
「ま、真梨っ！」
「なに？」
「パ、パパ……」
「はぁ？　タカ、なに言ってんの」

「パンツ見えてるって言いたいんじゃねぇの？」

大河にそう言われて、顔をまっ赤にするタカ。

パンツ、ね……。

そりゃそうでしょ。

普通にスカートはひざ上だし、たしかに下から丸見えだろう。

でもさぁ……。

「見たくなければ、見なきゃいいじゃん」

「いや、俺的にはラッキーとか思ってるけど？」

大河の発言に、「あっそ」としか言いようがない。

べつに、誰になにを見られようが、あたしはどうでもいいし。

パンツなんて、見たければ見ればいいし、見たくなければ見なきゃいいと思う。

……ま、そう思うのは相手が若いからであって、これがだいぶ年上のおじさん、とかだったら話は別だけど。

なんて思いながらも、出入り口の上へのぼりきる。

空を見あげると、さっきと同じような青空。

でも、さっきとはちがって、そこには少し雲がかかっている。

そして一瞬、太陽が隠れた。

どうして人は、生きたいと思うのだろうか。

どうして人は、輝きたいと思うのだろうか。

どうして人は、笑っていられるのだろうか……。

そう思うかどうかも、人それぞれだと思うけど。

多くの人が、輝くためになにかをしていて、笑って生きている。

その多くの人の中に、あたしは含まれていない。

殺して、と思うのに、自分では死ねないような弱虫。

輝きたい、とも思えないほど汚れているのに、希望が捨てられないような弱虫。

笑えないほど心が凍(こお)っているのに、心を許してしまいそうになるような弱虫。

なんにしろ、あたしは人間としてのあたしを捨てきれない弱虫なんだ。

でも、どうしたって人間にはなりきれなくて、人間なのに人間じゃない気がしてくる。

こんな容姿だし、こんな性格だし、こんな……弱虫だし。

あたしは、この太陽のように、隠れるのは一瞬で……なんて、できない。

隠れたあとに……逃げたあとに輝くことなんてできない。

あたしはあの場所から逃げて、そしてこの醜さを利用したにすぎないのだから。

ポケットに手を突っこんで、タバコとライターをつかむ。

ボーッとタバコを吸いながら寝ころぶと、下からの視線を感じる。

上からヒョコッと顔を出して、なによ？とにらむと、あからさまに獅龍の面々が顔をそらした。

なんなの、コイツら。

どうせ、あの水川真梨がタバコ吸ってるとか、そういうこと思ってんでしょ。

　べつに、あんたらにどう思われたってあたしはかまわないけど、ジッと見られるのは勘弁。

　軽蔑の視線は向けないように一応、気をつけてはいるんだろうけど、視線を向けられてることには変わりない。

　とくに、昨日の赤髪くんからの視線が痛い。

　気をつけようとも思ってないような視線を向けてくる。

　獅龍の面々が顔をそらした中で、ひとりだけそらさなかったソイツ。

　目が合うと、ギロッとにらんで近づいてきた。

　それを見て、近くにいたオレンジの髪の男も近づいてきて、ふたりはあたしを下から見あげる。

　あ、赤髪は、にらみあげてきたっていう方が正しいかも。

「……濱本光（はまもとひかり）……です」

「伊勢虎太郎（いせこたろう）……よろしく……お願いします」

　赤髪が光で、オレンジ髪が虎太郎。

　なんで自己紹介、というか、名前を教えてくれたんだろう。

　意図がつかめない。

「……敬語」

「「え？」」

「敬語、使いたくないなら使わなきゃいいじゃん。つーか、あたしに敬語なんて使ってどうなんのよ。蓮たちにそうしろって言われたのかもしれないけど……。あんたたちにそんな風に話しかけられると、こっちが気持ち悪いわ。鳥肌立つ。……とくに、光」

あたしのその言葉に、ふたりは顔をまっ赤にする。
でも、それは照れてるからとかじゃない。
ただ、怒ってるだけだ。
「ふっざけんな!! 颯さんが、自己紹介しとけって言うからしてやったのに!!」
「べつに、してほしいなんて言ってないし。颯がそう言ったのは、あんたたちふたりが、下っ端のまとめ役だからじゃないの？ なのに、してやったって、えらそうに……。それが上に立つ人の態度なわけ？ 普通、上に立てば立つほど、人に頭さげなきゃいけないんじゃないの？」
暴走族の場合は、総長が頭をさげるなんてありえないかもしれないけど。
一般的には、部下がへまをしたら上司が頭をさげるでしょ？
もしくは、上司も一緒に。
それが社会の在(あ)り方だと、あたしは思う。
「……っ！ お前に……、なにがわかんだよっ！ この淫乱女!!」
光がそう言った瞬間、虎太郎があわてたように「光っ！」と叫ぶ。
近くにいた蓮たちがこっちへ来ようとしていたけど、あたしは視線だけで来るな、と伝えた。
光を見おろして、フフッと笑う。
なんだか、突然すべてがおかしく感じた。
あたしがここにいることも、あたしが遊び人だということも、あたしが生きていることも、全部。

　もともと、おかしかったんだ。

　もともと、狂ってたんだ。

　あたしが、生まれてきた時点で。

　知ってる。

　知ってるよ。

　あたしが最低な女だって、どうしようもないヤツだって、そんなことは、あたしが一番よく知ってる。

　だから、だからさ？

「知ってるわよ、そんなこと。でも、あたしにあんたのことがわからないように、あんたにもあたしのことがわかるわけない。なにも知らないくせに、知ったようなこと言わないでよっ!!」

　怒鳴ったあたしに、蓮を含む獅龍の面々があたしを見る。

　あーあ、怒鳴っちゃった。

　バカみたい。

　怒鳴ったって、コイツにこんなこと言ったって……なにも変わらないのに。

　前までは、こんなことなかったのにな……。

　なんだか、獅龍のヤツらといると……ペースが乱される。

　あたしはタバコの火を消すと、出入り口の上から飛びおりた。

　そんなあたしに、獅龍のヤツらはポカンとしているけど、この際、無視。

　背中にみんなからの痛い視線が集まる中、あたしは屋上を飛びだした。

そのまま廊下を歩いていると、視線があたしに集まって、すごく痛い。

とくに、女子からの嫉妬の視線。

どうせ、あたしが蓮たちといたから妬(ねた)んでるんだろうけど……女子はなにかと面倒くさいから。

きっと……。

「ちょっと」

ほら、来た。

振り返れば、そこにはケバい女が数人。

「水川真梨、ちょっとツラ貸してくんない？」

いきなりかけられた言葉に、面食らう。

初対面の相手に話しかける言葉にしては、ぶっ飛んでるんじゃないかな。

この子たちは、レディースにでも入ってんのかしら？

「ご用なら、今ここで聞きますけど？」

ニッコリ作り笑いを見せるけど、女たちは引き返す気はないらしい。

「いいから、ついて来いっつってんのよ。日本語わかる？」

「わかりますけど。あんたこそ日本語わかってるわけ？　あたしは遠回しに行かないって言ってんだけど」

あたしがそう言うと、女たちはアワアワと顔を赤くする。

あたしはそんな彼女たちをクスッと笑って、そこから立ちさった。

そのままボーッと学校を出る。

屋上にもどこにも行けなくなったあたしは、教室に行ってカバンを取ると、あたしの居場所、繁華街へと歩きだした。

平日の昼間の繁華街には昨日と同じように、学生がチラホラ。

治安がいいとはいえないここは、サボっている学生が少なくない。

その年代に一番知られているだろうあたしに向けられる視線は、やっぱりいいものではなくて。

少しうっとうしくなって、適当に喫茶店へと入る。

人もまばらな店内に入ると、店員に窓際のふたりがけの席に案内される。

ティーラテを注文して、外を眺めた。

「ねぇ君、真梨ちゃんじゃないの？」

うしろから声をかけられて、振り返る。

そこには、さわやかな見た目の黒髪の男の人。

制服じゃなくて私服だから、大学生だろうか。

「そうだよぉ？」

「やっぱり！　すっごい可愛い子がいるなって思ったんだ！有名だからすぐにわかったよ」

笑顔が少し幼く見えるけれど、顔は合格。

今日のターゲットはこの人で決まりかな。

「そんなことないよぉ。あなたは？　名前、教えて？」

吐きそうな話し方で、上目遣いで相手を見る。

案の定、相手は顔を赤くして、名前を名乗った。

「ケイ」
「じゃあ、ケイくんだね！」
「ねぇ、真梨ちゃん……今からヒマ？　俺と遊びにいかない？」
　こっちから言いだすまでもなく、誘ってくる。
　あたしに近づいてくる男はみんな、あたしが目的なわけだし、なんにも疑問はない。
　むしろ通常運転だ。
「いいよぉ。あたし、まだこっちに来たばっかりだからさぁ、案内してほしいなぁ」
「わかったよ！　俺、ここら辺は地元だからさ。全然案内するよ」
「やったぁ」
　いつの間にか来ていたティーラテに口をつける。
　それがなくなった頃、ケイとふたりで喫茶店を出た。

“水川真梨”

【光side】

　んだよ、アイツ……。

　いちいち……ムカつくんだよ。

　毎回毎回……人のこと、バカにしたように……っ！

　そのくせ、俺たちを見る瞳は闇に染まってるのに、強がってるようにしか見えなくて。

　たまに見せる悲しそうな瞳は、俺の……俺たちの心の奥をくすぐる。

『“好き”って感情自体、抱いたことがない』

　俺をにらんでそう言ったときも。

『敬語、使いたくないなら使わなきゃいいじゃん』

　眉間にシワを寄せてそう言ったときも。

『それが上に立つ人の態度なわけ？　普通、上に立てば立つほど、人に頭さげなきゃいけないんじゃないの？』

　怒ったようにそう言ったときも。

『なにも知らないくせに、知ったようなこと言わないでよっ!!』

　ついさっき、俺にそう怒鳴ったときも。

　その瞳は、強がりの中に悲しい色を見せる。

　なのに、言ってることはまちがってなくて。

　それが……たまらなく、くやしい。

　すごく……くやしいんだ。

「光」

隣にいる虎太郎が、俺に声をかける。
「なんだよ」
「さっきのは、お前が悪い」
んなこと、言われなくたってわかってる。
わかってんだよ。
でも、アイツは……アイツだけはっ！
どうしても、好きになれない。
どうしても、アイツの存在を認めたくない。
どうしても……どうしたって、俺は大人にはなれない。
アイツに男を奪われた女の……俺が好きだった女の姿が、今も脳裏（のうり）から離れない。
そしてさっき見たアイツ、“水川真梨”の瞳も……。
俺の脳裏から、離れてはくれないんだ。
黙ってうしろから俺たちを見ている蓮さんに近づいて、頭をさげる。
俺が水川真梨をどう思っていようが、アイツを傷つけて、アイツを追いだしてしまうような形になってしまったことに変わりはない。
「すいません……俺……」
「気にすることねぇよ。こうなることは、なんとなくわかってた」
「すいません……」
うつむいて、グッと唇を噛む。
すると、突然鳴りだした音楽。
この洋楽を着信音に設定しているのは……大河さんだ。

大河さんはスマホを取りだすと、何回か画面をタップして、目を見開いた。
「……ヤバいことに……なったかもなぁ……」
大河さんのつぶやきに、「え?」と言葉が漏れる。
「な〜にがヤバいことなんだよっ!　俺に見せて!!」
タカさんがそう言って、大河さんのスマホの画面をのぞきこむ。
そして……タカさんまで、目を見開いてしまった。
「マジで……ヤベェな」
「タカさん、なにがですかっ!」
「わかんねぇ?　真梨が、だよ」
突然、出てきた水川真梨の名前に、へ、と間抜けな声が出る。
「どういう……こと、ですか?」
横にいる虎太郎の声に答えるように、大河さんがスマホの画面を俺たちに見せる。
そこには、昨日買い物していたときであろう、蓮さんたちと水川真梨の姿。
「これは……?」
「チェンメだ」
間隔(かんかく)を空けずに言う大河さんの言葉で、ヤバい、という意味が理解できた。
幹部の皆さんと、水川真梨が歩いている写メが入ったチェンメ。
それは……危険信号。

獅龍の幹部全員と一緒にいられる水川真梨。
それは……水川真梨が獅龍の"姫"だと思われるには、十分だった。
そして、今、これは回ってきた。
水川真梨のことがいずれ広まるだろうことは、昨日、蓮さんたちが一緒に出かけた時点でわかっていた。
だけど、タイミングが悪すぎる。
水川真梨がどこに行ったかわからないこの状況で、ものすごいスピードで広まっていくのは避けたい事態だ。
でもチェンメは、信じられない速度で回っていく。
今から止めても意味がないだろう。
それは……水川真梨が、狙われることを示している。
この世界は、汚い世界だ。
上に立つためなら、なんでもやる。
獅龍は正統派で、女に手は出さないし、武器も使わない。
もちろん、クスリなんて厳禁だ。
でも、ちがう族もいる。
女をラチって、優位に立って、その族を潰そうとする族なんてたくさんいる。
それは……俺たちと、水川真梨の……危険信号。
「くそ、タイミング悪すぎだろ……」
大河さんのつぶやきが、嫌に屋上に響いた。
「でもまぁ、遅かれ早かれ広まってただろうから、それはいいとして……問題は、真梨だ」
蓮さんの声に、周りにいたみんなが立ちあがる。

今、水川真梨をひとりにしておくのは危険でしかない。
「真梨を連れもどしてこい」
蓮さんのひと言で、下っ端のメンバーは屋上を飛びだした。
「光、虎太郎」
静かになった屋上に、蓮さんの声が響く。
「なんですか」
「お前らも、行ってこい」
わかってます。
行かなきゃいけないのは、わかってるんですよ、蓮さん。
だって、水川真梨をひとりにした、この状態を作ったのは、まぎれもない俺だ。
俺が、一番探さなきゃならないことくらい、わかってる。
でも、どうしようもなく……。
「わかってんだろ？　アイツに……真梨に、闇があること。気づいてんだろ？」
……わかりたくなかった。
「お前は人一倍、人の傷に敏感なヤツだから。ほっとけねぇんだろ？　真梨のこと」
蓮さん、ちがうんです。
正直言うと、水川真梨なんかに関わりたくなんかない。
ほっときたい。
そう思うのに……。
心のどこかで、ちがうことを思っているのかもしれない。
「行ってきます」
俺はそう言って虎太郎の腕をつかむと、屋上から逃げるように走りだした。

「どうすんだよ、光」
　とりあえず、学校から飛びだしてバイクを走らせた俺に、虎太郎がバイクで並びながら聞いてくる。
「水川真梨が行くなら、繁華街だろ」
　虎太郎はそんな俺にうなずいてついてくる。
　なんとなくだけど、もう学校にはいない気がした。
　それに、学校内ならもう他のヤツが捜してるだろう。
　それなら、アイツの出没（しゅつぼつ）地帯である“遊び場”、繁華街にいるとしか思えない。
　グッと、手に力を入れる。
　繁華街に着くと、適当な駐輪場（ちゅうりんじょう）にバイクを入れて歩きだす。
　平日のまっ昼間、人はまばら。
　これならすぐ見つかるかな、と思ったが。
　これがなかなか……見つからない。
「どこ、行ったんだろうな……」
「ホントだよ……アイツ、手間かけさせやがって」
　ブスッとしながら言う俺に、虎太郎がクスクスと笑う。
「面倒くせぇ」
「だな。……でも……」
「アイツなら、変えくれる……か」
　俺のつぶやくような声に、虎太郎はフッと笑って肯定する。
　水川真梨なら、俺たちを変えてくれるかもしれない。
　それはたぶん、獅龍のみんながなんとなく、心に抱いていることだと思う。

だって、現に蓮さんたちは、ほんの少しだが変わった。

前は身内以外の女なんて寄せつけなくて、ましてや倉庫に連れてくることすらありえなかった。

そんな蓮さんたちが、一番嫌いな類の遊び人、水川真梨を連れてきて、笑ってる。

女嫌いの隼さんは、それを遠巻きに見ていることも多いけれど、水川真梨を“獅龍”に受け入れたのは事実。

どういう経緯でそうなったのかなんて、さっぱりわかんねぇ。

でも、少しずつ。ほんの少しずつ。

俺たちが、みんなが、水川真梨を見る目が変わってきてるのはわかる。

“軽蔑”から“期待”に。

水川真梨はヘンなところで鈍感なのか知らないけど、まだ気づいてないと思うけど。

虎太郎も、きっと水川真梨に期待……というか、俺たちを変えてほしいと思ってると思う。

でも、俺は……認めたくない。

強情かもしれない。

いや、いっそ、そう言ってくれた方が楽だけど。

それでも……認めることが、できないんだ。

「ねー……」

「あれ……」

情報を得るために、喫茶店に入って客の会話に耳を澄ます。
そして、聞こえてきた声は……。
「さっき来てたのって、水川真梨だよな？」
「あぁ、そうだろ。噂どおりめっちゃ綺麗だったし、色気ヤバかったし」
男たちのその声に、俺と虎太郎は立ちあがる。
「虎太郎、今……アイツ、さっき水川真梨が来たって言ったよな？」
「あぁ、言ったな」
男の方に目を向けると、どうやらここの店員らしい。
バイトか知らねぇけど、同じ店員の男と話している。
俺と虎太郎は目線を交わらせると、ふたりでその男に近づいた。
「なぁ、お前」
俺がそう声をかけると、「え？」と言って振り向く男。
マジメそうな見た目をしたその男は、俺たちの顔を見た瞬間、顔を青くする。
まぁ、そりゃそうだろうな。
コイツ、不良に免疫なさそうだもん。
不良っつっても、俺らみたいな族に入ってるのじゃなくて、中途半端な不良しか知らねーってツラしてる。
そんな男に笑いそうになりながらも、用件を話す。
「さっき、水川真梨に会ったのか？」
「え、あ、あぁ……そ、そうだけど」
「どこで？　どこ行った？」

「こっ、ここで会ったけどっ！　どこ行ったかは知らねぇ!!」

……この男、とんだビビりだな。

いちいち噛んでんじゃねぇよ、面倒くせぇ。

はぁ、しょうがねぇなぁ。

「質問変える。アイツ、誰かといたか？」

「お、男と、ど、どっか行きましたっ！」

……この男、アホだな。

いつの間にか敬語になってっし。

いくらなんでも、ビビりすぎ。

俺らが蓮さんたちだったら、どうなってたんだろう。

「虎太郎、行くぞ」

「ここはもういいのか？」

「あぁ」

虎太郎とそんな会話を交わして、カフェを出た。

とりあえず歩きだした俺に、虎太郎は不思議そうな顔をしている。

「どうすんの？」

いきなりそう言ってきた虎太郎に、俺は目を合わせずに淡々と答える。

「アイツのことだ、どうせホテル街にでもいるんじゃねーの。……男と」

俺たちはそれ以上、会話を交わすことはなく、ホテル街へと足を動かした。

* four *

代償

【真梨side】

「でさぁ〜……」

「うん」

話をするケイくんに、曖昧(あいまい)な相槌(あいづち)を打つ。

あのあと、適当にお店とか回ったけど、とくになにもなく。

ボーッと歩きながら話を適当に聞いてるけど、話なんてどうでもいいし。

正直、ヒマ。

だって、どうでもいいことばっかり話すんだもん。

きっと、あたしが普通の女の子だったとしても、つまんないと思う。

時刻は４時。

ケイくんと会ってから軽く２時間はたっている。

ちょっと早いけど、いっか。

「ケイくん……あたし、お腹空いちゃったぁ」

と言っても、ほんの少しだけど。

あたしが上目遣いでお願いするように言うと、ケイくんは顔を赤く染めた。

「よし、じゃあ飯食いにいこっか」

扱いやすいケイくんを見て、内心笑いながらもうん、と笑って歩きだした。

「ここでいい？」

　そう言ってケイくんがあたしを連れてきたのは、オシャレな感じのオムライス屋さん。
　若い子が好きそうな感じで、すごくいい香りがする。
「いいよ！　早く入ろぉ」
　あたしはそう言って、ケイくんの腕を引っぱりながら中へと入った。
「んーと、あたしは、トマトとチーズのオムライスで」
「んじゃ、俺は、昔ながらのオムライス」
「かしこまりました。“トマトとチーズのオムライス”と“昔ながらのオムライス”ですね。少々お待ちください」
　営業スマイルで言う20代前半くらいの女性の店員に、あたしも愛想笑いを返す。
　その女性店員はあたしのことを知っているのか知らないのか、ニコッと微笑んだまま消えていった。

「でさぁ～、そのときにね」
「うん、それで？」
　運ばれてきた食事を口にしながら、ケイくんの話を適当に聞く。
　……食事中ぐらい、静かにすればいいのに。
　そりゃあ、今日はケイくんと遊んでるんだから、べつにいいんだけどさ。
　そんなことを思いながらも、オムライスを食べおえ、ふたりで店を出た。

「…………」

　だんだん、ケイくんが歩いていく方向が怪しくなってきている気がする。

　周りはネオンの色が増えてきて、ホテルも増えてきている。

　たぶん、ケイくんはそういうつもりなんだと思う。

　あたしと、そういうことをするつもりなんだと思う。

　正直、今はケイくんにどう無理だと伝えようか考えている。

　生理だとでも嘘をつこうか。

　これがたぶん、一番手っ取り早く断る方法だし、むしろこれしかないだろう。

　隣のケイくんはというと、胸を張って、堂々とした様子で歩いている。

　なんでそんな様子なのかというと……原因は、あたしだ。

　あたしには男の思考回路なんてものはわからないけど、男はあたしが隣にいるだけで価値があがるらしい。

　とりあえず、顔がいい女をそばに置きたいのだろう。

　とはいえ、あたしは水川真梨だ。

　どうしようもない噂ばかり持っているあたしなんかを隣に置いて、自慢になるのか……疑問でしかないけど。

　ケイくん以外にも、こんな態度であたしの隣を歩く男はたくさんいる。

　見た目はさわやかで好青年でも、考えてることは一緒ってことだ。

　そう……誰だって、自分が一番可愛くて。

　誰だって、自分の欲を満たすために生きている。

男が欲しがるものなんて……考えれば、すぐわかる。
ただの、欲のはけ口だ。
そんな男ばかりだから、あたしはきっと今、こうしている。
こうして、男をだまして利用している。
自分の欲を、思いを、満たすために。
ボーッと、隣を歩くケイくんを見つめてみる。
結構整った顔をしているケイくんは、世の中ではイケメンの部類に入るのだろう。
ただ、それが霞(かす)んで見えるのは、それ以上のイケメンに出会ってしまったから。
蓮たちが、こんなさわやかだったら……と、ちょっと思ってしまうあたし。
まぁ、あの中で一番さわやかといえば、颯だけど……。
やっぱり、不良だし、あたしは相手できない。
大河とかは相当遊んでるみたいだけど、よく相手をする女の子がいるなと思う。
ムダに顔だけはいいから困ることはないのか。
それにしても……。
今日はなにかが、おかしい。
なにが、と言われればそれまでだけど。
向けられる視線は、いつもと同じ。
ただ、その中に、いつもとはちがう感情が渦巻いているような気がしてならない。
「ねぇ……ケイくん」
「ん〜？　どうかした？」

ニッコリ笑うケイくんは、周りの視線に気づいていないのだろうか。

そして、そんな視線を受けているあたしのイライラが伝わってないのだろうか。

あぁ……なんか、面倒くさいな。

新たな恨みを買うようなこと、あたしはした覚えなんてないのに。

なんかもう……。

「おい」

すべてが。

「おい、そこの」

面倒くさい……。

「てめぇら、聞いてんのかよ」

そんな低い声とともに、肩になにかが触れた感触がして振り返る。

そこにはひとりの男。

肩に触れているのは、その男の手だった。

「なぁに？」

そう、にこやかに問えば、男は表情を少しゆるませる。

「お前、水川真梨だよな？」

「そーだよぉ。あ、でも今日はケイくんと遊んでるからぁ。ごめんね？」

……この男は、なにを考えているのだろうか。

あたしが男といるときは話しかけない。

それは、暗黙の了解のはず。

　それに、この男……どう見ても、不良だ。
　傷んだ金髪を肩まで伸ばして、たいしてカッコよくもない顔をさらしている。
　……あたしの範囲外だ。
　あたしじゃなくて、そこら辺に歩いてるお姉さんを誘えばいいのに。
「てめぇの事情なんて知らねぇよ。いいから来いや」
　……バッカみたい。
　これだから不良は嫌いなんだ。
　自己中で、自分勝手で、傲慢（ごうまん）で、自分中心に世界が回ってると思ってる。
　まぁ、すべての不良がそうなのかは、知ったこっちゃないけど。
「来いよ」
　そう言って、肩に置いていた手をあたしの腕にすべらせるその男。
　「なんで!?」というあたしの言葉を遮るようにして歩きだした男に、あたしは開いた口がふさがらない。
　ケイくんは、と思ってうしろを振り返ると、あわてたように走りさっていく姿が見えた。
　……ケイくん、ヘタレだな。
　そんなに不良が怖かった……のかな。
　まぁ、たしかに不良に面識があるような顔はしてないけど。
　あんなにやる気満々な感じだったけど、あくまでさわやか男子だからねぇ。

……なんて、思ってる時間すらもったいない。

まずは、目の前にいるこの不良をどうにかしなければならない。

「ねぇ、ちょっと！　離してよ!!」

暴れて必死に抵抗したって、男の力には敵わない。

でも、この男が向かっている方向はわかってる。

さっき、あたしたちが行こうとしてたホテル街だ。

この男は、あたしに相手をしてほしいだけなのか。

それとも、他に理由があるのか。

……わからない。

ただ、あたしにできるのは抵抗するってことだけ。

だけど、あたしには引きずるようにあたしを引っぱる男の背中しか見えない。

「離してよっ」

そんなあたしの声が無残にその場に響く。

気づいたときにはもう……ホテル街に着いていた。

空は今にもまっ暗になりそうで、夕日でほんの一部だけが赤く染まっている。

周りには行き交うカップルたち。

そして、その中で不良に引きずられているあたし。

遊び人の水川真梨。

周りの人から、今あたしはどういう風に見られているんだろう。

バカ？

自業自得？

それともただの遊び人？

どう思われてたっていい。

そんなことはどうでもいい。

あたしは、遊び人だから。

毎日のようにここに来てる人間だから。

でも……なんでだろうね。

もう、この目の前の男に連れていかれるしかないのは、わかってるのに。

どうしようもないって思うのに。

どうしようもなく……行きたくないと、ひとりになりたいと、思った。

なんでこうなってるんだとか、なんでここなんだとか、考えたって仕方なくて。

答えなんて出なくて。

あたしには、この男をどうすることもできない。

どうもできない自分が歯がゆくて。

どうしようもなく、くやしい。

自ら消したはずの感情が、心の奥から湧きでてきて。

くやしくて、くやしくて、くやしくて……。

嫌で、嫌で、嫌で……。

出もしない涙が、出そうで怖かった。

「離してって言ってるでしょ!?」

「…………」

何度そう言っても、無言であたしの言葉を無視する目の前の男。

あぁ……もう、あきらめよう。

本気でそう思った。

そう思ったんだ。

……でも。

男に引かれていない、自由な方の手になにかが触れた。

ぐんっとそっちに引かれた瞬間、少し、ほんの少しだけど……ホッとした。

うしろに引かれたことによって、進めなくなった男は立ちどまる。

うしろをそっと振り返って見えた人に、あたしは言葉を失った。

言葉が、出なかった。

どうして？

どうしてここにいるの？

「蓮……」

出てきた言葉は、震えていて。

それは連れていかれるのが怖かったからかもしれないし、蓮があたしをにらんでいる気がしたからかもしれない。

あるいは、あたしに触れている蓮の体温に安心したからかもしれないし、無性に泣き叫んでしまいたくなったからかもしれない。

たぶん、全部だったんだと思う。

だから、今。

蓮があたしの腕から手を離さないことに心底……ホッと

している。
「なにやってんだ、真梨」
「っ……なにじゃないわよっ！　てか、なんで蓮がここにいるの!?」
　声を張りあげれば、震えていた声はもとに戻っていた。
　蓮に気づかれないように、ホッと息をつく。
「あぁ？　お前が勝手にひとりで消えるからだろ」
　眉間にシワを寄せて、蓮はあたしを見る。
　いつもなら、ここでなにか言ってやりたいところだけど、なにも言えない。
　蓮が来てくれてホッとしたし、ちょっとだけ、うれしいと思ってしまったんだ。
「ありが……とう……」
　ボソッとつぶやいたあたしの声に、蓮は気づいてるのかいないのか、視線をあたしから、あたしの腕をつかんでいる男に移した。
「……その腕、離せよ」
「ハハッ、誰が」
「誰がって、てめぇしかいねぇだろうが」
　蓮と男がにらみ合う間に挟まれているあたしは、身動きが取れない。
　あたしと言い合っていたときよりも鬼のような形相(ぎょうそう)をした蓮は、やっぱり不良なんだと思わせる。
　こういうときは……やっぱり、いつもと雰囲気がちがう。
　いつもってほど、蓮のこと知ってるわけじゃないけど……。

やっぱり不良なんだって、思い知らされる。

「チッ、面倒くせぇ」

蓮はそう言うと、あたしを思いっきり引きよせる。

油断していたらしい男の手は、意外にも簡単にあたしの腕から離れた。

それと同時に、あたしは蓮の腕の中に収まる。

「いったぁ……」

思わずそう言葉が漏れるけど、蓮はまったく気にしていないらしい。

抵抗するヒマすら与えられず、蓮はそのままあたしを引っぱってその場からゆっくり離れはじめる。

あたしはそれに従うことしかできなかった。

すっかり暗くなった空に、月が浮かぶ。

そんな月明かりに包まれたあたしたちはというと、無言のまま歩きつづけている。

その沈黙を破ったのは、あたしでも蓮でもなかった。

「蓮さんっ！」

そう言って走って現れたのは、光。

そのうしろから虎太郎も走ってくる。

「蓮さんの手をわずらわせてしまったみたいで、すみません！　俺たちが見つけるべきだったのに……」

「……べつにいい。俺がそうしたかっただけだ」

それだけ言って、蓮は光と虎太郎に背を向ける。

そのまま少し進めば、見覚えのあるものが視界に入った。

黒塗りの、高級車。
あたしは、この車に乗っている人をアイツら以外に見たことがない。
蓮はその車に近づいていく。
車の中から手を振っている大河が見えて、やっぱりこれは獅龍の車だと確信する。
「真梨、乗れ」
そう蓮に言われ、引っぱられて車へと収まる。
座席に座ると、いつの間にか入っていた力が抜けた。

……空気が重い。
車の中の空気が、半端(はんぱ)なく重い。
なんで重いって、そりゃあ……人選ミスでしょう!!
いや、ある意味合ってるんだと思うけど……。
なんで今、こんな雰囲気……？
ふぅ、と隣にいるふたりにバレないように息を吐く。
後部座席のまん中。
あたしが座っているそこの左には、俺様な蓮。
右には、まあまあよくしゃべる大河。
うん、普通だったらまちがってない人選だと思う。
だけど……だけどねぇ？
どうしてこんなに空気が重いわけ!?
車の中にいるのは、運転手の和也さんと蓮、大河、そしてあたし。
目をつむって腕を組んでいる蓮と、静かにタバコを吸っている大河からは、重くどす黒い空気がかもしだされている。
　そして、そのふたりに挟まれているあたし。
　はたから見ると、異様な光景だろう。
　運転手の和也さんはというと、こんなあたしたちを見ても知らんぷり。
　いつもどおりの安全運転だ。
　てか、隼とか颯とかタカは？
　颯はともかく、隼やタカがいれば、この空気もどうにかなりそうなんだけどな……。
　どこへ向かってるか、といえば、たぶん倉庫なんだろうけど。
　とりあえず、早くどこかへ着いてほしい……。
　とにかく、この空気をどうにかしてほしい……。
　そんな願いをこめて、あたしはそっと視線を窓の外に飛ばした。

想い

【蓮side】

　真梨を探すために人を行かせ、屋上は俺たち幹部５人だけになった。

　俺もそこから出ようとすると、肩をつかまれ止められる。

「……離せ、颯」

「どこ行く気？　蓮。その返答によっては離すよ」

「真梨を探しにいく……それだけだ」

　ハッキリとそう口にすると、俺の肩をつかんでいる颯の手に力がこもる。

「ダメだ」

「…………」

「よく考えろ。お前は総長なんだ。自分の立場を自覚しろ」

　俺がどんな立場で、今どう行動すべきかはわかってる。

　俺は今、真梨を探しにいくべきじゃない。

　俺が動けば、真梨がいなくなったことがすぐに広まるだろう。

　真梨を狙う絶好のチャンスだと、いきりたつ輩も出てくるはず。

　だから、下のヤツらに探させるのが一番なんだとわかっている。

　わかっては、いる……それでも。

「女ひとり、探しにいけねぇようなちっぽけな存在なのか？

獅龍の総長は」

「……っ！」

「ちげぇだろ。それに、危険が増えるって言うなら、危険が及ぶ前に俺がアイツを捕まえる」

「…………」

「なんか文句あんのか」

颯は困ったように眉毛をさげて、小さくため息をついた。

「あーもう、わかったわかった。さっさと連れもどしてこい」

あきれたようにそう言った颯に、ああ、と返す。

「蓮は昔から、言いだしたら聞かないからなぁ」

うしろの方から聞こえたタカの声を無視して、口を開く。

「カギあるか？」

「あー、俺のヤツ置きっぱだわ。使うか？」

タカの隣にいた大河が近づいてきて、バイクのカギを差しだしてくる。

「わり。借りるわ」

大河からカギを受けとって、俺は屋上から足を踏みだした。

大河のバイクに乗って、繁華街へ向かう。

学校にはもう真梨の姿は見当たらなかったから、もう学校を出てしまったんだろう。

時刻は２時過ぎ。

５月といっても、一日で一番暑い時間帯。

汗で制服が背中に張りついて気持ち悪い。

だけど、そんなことを気にしている余裕なんかない。

俺はバイクで繁華街を走りまわった。

正直に言えば俺は、“水川真梨”が嫌いだった。

隣街といえど、彼女の噂はよく耳にしていた。

“遊び人”で“誰とでも寝る女”で、そしてひどく綺麗な女だと。

俺だって、遊ばないわけじゃない。

女は吐いて捨てるほど寄ってくるし、抱くことだって少なくなかった。

だけどそれは、俺が“男”で“獅龍”にいたから許されることで、“羨望”や“尊敬”の眼差(まなざ)しを受けることの方が多い。

真梨はといえば、していることは俺とたいして変わらないのに、“嫉妬”や“憎悪”、“軽蔑”といった感情を持たれていることがほとんど。

そういった感情を抱いていたのは俺だって同じで、女のくせに不特定多数の男と関係を持つ“水川真梨”を軽蔑していたし、関わりたくないと思っていた。

でも真梨と出会ったあの日、俺は大きなカンちがいをしているんじゃないかと思った。

はじめて見た“水川真梨”は、たしかに綺麗だった。

パーマがかった黒髪が胸まで伸びていて、まっ白な肌に映える赤い唇。

パッチリ二重の目を長いまつ毛が縁どっていて、高く筋の通った綺麗な鼻。

ひとつひとつのパーツが整っているうえに、それが綺麗に並んでいるから余計美しく見える。

美しすぎるその容姿は、真梨を儚く見せた。

その真梨の瞳を見たとき、顔には出さなかったが俺は動揺していた。

真梨の瞳が冷たい、だけどひどく透明で子どものような瞳だったから。

まるで、さびしいと死んでしまうウサギのような……。

でも、「そんなわけない、コイツは俺の嫌いな“水川真梨”だ」と自分に言いきかせて、俺は真梨をにらんでいた。

だけど次の日、学校に現れた真梨を見て、やっぱりコイツはどこか噂とちがうと思った。

まず第一に、大河の誘いに乗らなかった。

それに、屋上で見た、イメージとはかけ離れたヤンキーのような姿。

それだけでも興味をそそられるのに、くわえて俺たちを前にしても物怖じしない態度。

おもしろい、と思った。

真梨をもっと知りたい、と思った。

だから、無理やり真梨を姫にしたんだ。

たぶん、そのときから俺は、真梨に惹かれはじめていたんだと思う。

それからも、真梨といると退屈はしなかった。

　真梨の“色”をはじめて見たときは驚いたけど、綺麗だと思ったし、黒よりも真梨の容姿にはしっくりくる気がした。
　そしてその日の夜、俺はやはりカンちがいをしていたのだと自覚した。
　ベッドの上でおびえきった真梨。
　それを見て俺は、コイツは簡単に男と寝るような女じゃない、と気づいた。
　あの噂はしょせん噂だったのだと、やっと理解した。
　あの夜に真梨が俺に望んだことは、たぶん一生忘れられない。
『あたしを……殺して……!!』
　そんなことを言った真梨は、まるで“愛して”と叫んでいるようだった。
“あたしを愛して！”
　そんな叫びが聞こえた気がして、俺は真梨を守る決意をした。

　太陽が傾く。
　行きちがいになっているのか、捜索(そうさく)範囲を広めてはみたものの、どうも見つからない。
　ヘルメットをかぶっているから、周りには俺だとは気づかれていないようで、騒ぎになることはないが、肝心(かんじん)の情報が入ってこなくて困る。
　人の話を聞ければ真梨の目撃情報も入ってくるだろうけれど、囲まれるのも面倒くさい。

……いや、そんなことを言っている場合じゃない。

真梨が見つかったという連絡は誰からも来ていないし、真梨を探しはじめて、もう２時間はたっている。

真梨が敵に捕まっていてもおかしくはないが、そうだとも言いきれない。

真梨が捕まれば敵から連絡が来る可能性は高いし、それがない今の状況では無事でいると考えるのが妥当だ。

だけど、時間がたつにつれ、危険が高まっているのはまちがいない。

俺は駐輪場にバイクを止めて、自分の足で探しはじめた。

寄ってくる女をかき分けて、繁華街を走りまわる。

真梨の目撃情報はないわけじゃなかったが、どれも時間がたちすぎていてアテにならない。

「くそっ、どこにいんだよ……」

知らないうちに気持ちが声に出ていて、ハッとしながら汗を拭（ぬぐ）う。

ああもう、面倒くせぇ。

真梨がいったいどこにいるのかわからなくてイラだつ。

そして、突然聞こえた声に、意識を持っていかれた。

「水川真梨が男とホテル街に……って」

“ホテル街”

その単語を聞いて、頭がまっ白になる。

男とホテル街だと？

そんなはずはない。

だって真梨は、男に抱かれるのが嫌いなはず。

それなのに、どうして……。

その疑問に対してある答えが頭に浮かんだ瞬間、どす黒い感情が渦巻いたのが自分でもわかった。

“俺だから、嫌がったのだとしたら”

ふざけるな。

お前に触れてもいいのは、抱いてもいいのは俺だけだと、ひとりよがりの独占欲があふれだした。

俺の足は勝手にホテル街の方へと走りだす。

もしも真梨が男と仲よさげに歩いていたら、俺はいったいどうなるんだろうか。

想像はつかないけれど、俺は自分を保っていられるだろうか。

……いや、そんなことは関係ない。

誰がなんと言おうと、真梨がなんと言おうと、真梨は俺のものだ。

真梨を俺のものにする。

絶対、だ。

ホテル街へ着くと、颯から連絡が来た。

俺がいる場所を教えると、路地裏に車を待機させておくと言う。

これで、真梨さえ捕まえればすぐに帰れる。

そして、案外すぐに真梨は見つかった。

真梨と一緒にいるのは金髪の不良で、無理やり真梨を引っぱっている。

真梨は抵抗しているようで、「離して！」という声が聞こえる。
くそっ、勝手にさわりやがって。
俺は静かに近づくと、男に引かれていない方の真梨の腕を引きよせた。
「蓮……」
真梨の声は震えていて、驚いているのか目を見開いている。
瞳は学校で見たときと変わっていなくて、なにかされたりはしていないようだ。
だけど、やっぱり真梨に触れている不良の手が許せなくて、どうも不機嫌になってしまう。
「なにやってんだ、真梨」
「っ……なにじゃないわよっ！　てか、なんで蓮がここにいるの!?」
「あぁ？　お前が勝手にひとりで消えるからだろ」
俺がそう言えば、真梨は小さく視線をさまよわせて小さく口を開く。
「ありが……とう……」
聞こえてきた言葉は小さかったけれど、しっかりと俺の耳に届いた。
なんだか少し照れくさく感じて、俺は真梨の腕をつかんでいる男に視線を移す。
「……その腕、離せよ」
相手をにらみつけるが、負けじと食らいついてくる。
「チッ、面倒くせぇ」

真梨の前で本気でにらみつけるのは気が引けて、にらみだけでコイツを追い払うのは断念する。

かわりに、真梨を思いっきり俺の方に引きよせれば、油断していたのか、案外簡単に男の手は真梨の腕から離れた。

「いったぁ……」

俺の腕の中に収まった衝撃で、真梨が声をあげる。

俺にそれを気にする余裕はなく、真梨が気づかないように一瞬、男を思いっきりにらみつけて萎縮させる。

俺の本気のにらみを一瞬でもまともに受けたんだから、もうコイツが真梨にちょっかいを出すことはないだろう。

そのまま、車を止めてある路地裏まで真梨を連れていった。

真梨を見つけたとき、男を嫌がっていたことに、そして無事なことにホッとしたことは俺だけの秘密だ。

仲間思い

【真梨side】

「真梨……っ」

「なにやってたんだ、お前はっ」

　倉庫に着くと、待っていたのはあたしを見てホッとしているらしい隼と、お怒り中のタカ。

　まぁ、怒ってるとかそういうのはどうでもいいけど、どうして颯だけいないんだろう。

「颯は後始末」

「あ、そう」

　蓮はあたしの疑問に気づいたらしく、そう教えてくれた。

　だけど……後始末って、なに？

　なにかしたっけ。

　あの不良男を放ってきたから、そのこととか？

「あの男の処理させてる」

　なるほど……。

　あの男の後始末のために、今いないわけね。

　んでもって、蓮には読心術があると……。

　……なんか、一気にふたつのことを知ってしまった。

　まぁ、あたしにとってはどうでもいいことだけど。

　べつに、颯が後始末をしようがしまいが、あたしには関係ないし。

　蓮に読心術があるかは……なんか、触れちゃいけないような気がする。
　いや、触れたくないだけだけど。
「お前らっっ!!」
　……って、あ。
　タカの怒りが、爆発寸前？
　いや。
「なに、のんきに会話してんだよっ!!」
　爆発した。
　……てか、さ。
「なんで、そんなに怒ってんの。怒るところなんてあった？ タカ。それに、蓮と大河も。気づかれてないと思ってるか知らないけど……ここのシワ、車の中からずっと寄ってる」
　ここ、と自分の眉間をトントン、と人差し指でたたく。
　そんなあたしを見て、蓮たちはもっと眉間にシワを寄せた。
　あのね、あんたたち。
　たしかに、あたしは勝手に出ていった。
　それは、悪かったかもしれない。
　だけど、あたしは探してほしいなんて言ってないし。
　あの男から助けてくれたのは助かったけど、どうしてそこまで怒ってるのかわからない。
「それで、さ。なにに対して、そんなに怒ってるわけ？」
　そう言って、４人の顔をぐるっと見まわす。
　この部屋に入ってまだ立ったままのあたしとは対称的に、ソファに座っている４人。
　ひとりがけの白ソファにえらそうに座っている蓮に、ふたつある３人がけの白ソファのひとつを共有してる、ブスッとタバコを吸ってる大河と、まだ怒りが収まってなさそうなタカ。

そして、もうひとつの３人がけソファに、ひとりでおとなしく座っている隼。

「なにって……」

「なに？　え？　光と虎太郎に怒鳴ったこと？　タバコ吸ってたこと？　勝手に出てったこと？　街に行ったこと？　男と遊んでたこと？　男に連れてかれそうになったこと？　どれに怒ってんの」

タカがつぶやくように言った言葉を遮るように、あたしはまくしたてた。

「あー、もう。わかってんじゃねぇか」

いつもとちょっとちがう話し方のタカに、は？と思うけど、出そうになった言葉は一歩手前で止めた。

「全部だよ、全部。すべてに怒ってる。真梨の、そのヘンに無自覚なところにも、俺たちの無力さにも」

「…………」

……タカが、なにを言いたいのかわからない。

だって、あたしは無自覚なんかじゃないし。

ちゃんと自覚はある。

自分の容姿にも、性格にも。

そして、世間でどう呼ばれてるかだって。

それに、タカたちの無力さってなに!?

誰も、そんなこと言ってないじゃん。

あんたたちは、なにもわかってない。
あんたたちは、無力なんかじゃない。
ただ……力が強すぎるだけで。
強すぎて、強すぎて……息苦しくて。
弱いあたしは、どうしようもなくそこから逃げたくなるだけ。
ただ、それだけ。
「意味わかんないし」
そう言いながら、隼の隣に腰かける。
怒りが一番表に出てるタカはというと、どうしようもなくあたしの態度が気に入らなかったみたいで。
「いいかげんにしろ!!」
そう、怒鳴り散らした。
「いいかげんにしろ……ねぇ……ハハッ」
自嘲的な笑みが、自然とこぼれた。
「ハハハッ……ッ」
“いいかげんにしろ”
もう少し早く、そのセリフを言ってくれる人たちと出会えてたらよかったのに。
そしたら、こんなくだらない人間になりさがることはなかったかもしれないのに。
もしかしたらあたしは、こうやって怒って止めてくれる人たちを探していたのかもしれない。
だけどもう、幼い子どもだったあの頃には戻れない。
その事実に、どうしようもなく泣きたくなった。

……でも。

あたしには、“泣く”という行為の意味がわからない。

泣いたってどうにもできないことなんて、この世にはたくさんある。

泣いて同情誘って、かまってもらうなんてことはしたくないし、人前で泣くなんてバカなマネ、あたしにはできない。

「真梨」

手の甲で額を押さえて顔をしかめているあたしに、蓮の視線が突きささる。

その視線は、“泣きたいなら泣け”と言っているよう。

それでも泣きたくないあたしは、「なに」と、蓮をにらんだ。

蓮はなにも言わなかった。

なにも言うつもりはないんだと思う。

その行動がどういう意味を示しているのかなんて、あたしにはわからないけれど。

ただ、そんなあたしたちを見ている３人は、ため息をつくことしかできないみたい。

「あとは颯に叱(しか)ってもらうか……」

そう言ったタカを、本物のバカだなと思った。

だって、颯はきっとあたしを怒らない。

いや、きっとじゃない。“絶対”だ。

そう、絶対。

だって、颯は誰よりも“仲間思い”で、あたしは“仲間”じゃないから。

少なくとも颯にとって、あたしは“仲間”というカテゴリーには含まれていない。
蓮たちが気づいているかどうかわからないけれど、きっとそう。
だから、あたしにはなにも言わないだろう。

それから颯が帰ってくるまで、1時間もなかったと思う。
「……で？　なんなの？　この空気」
その間、あたしたちは終始無言だった。
重い空気がのしかかったように頭が重い。
たぶん、この短い時間を何時間にも感じたのは、あたしだけじゃないと思う。
そして、颯が来たことで少し空気が変わり、助かったと思ったのも、きっとあたしだけじゃないはずだ。
「やっほー、颯」
「やっほー、真梨ちゃん」
ニコッと笑うあたしに、ニコッと笑い返す颯。
颯と目が合って、あたしと颯は同類だと思った。
似てはいないけれど、同類だ。
こうやって、どうでもいいときに笑ってるあたり、とくにそう。
考え方っていうより、雰囲気とか纏ってる空気とか、そういうところ。
似ているんじゃなくて、同じといった方がしっくりくる。
「颯っ！　コイツ、なんとかしてくれよ。全然反省しないんだって」
　タカがあたしを顎(あご)で指しながらそう告げ口したって、颯の顔色は一切変わらない。
　だって、颯は……“仲間思い”だから。
「んー……べつにいいんじゃない？　これで」
　ほら、ね。
　颯はあたしを怒らない。
　いや。
　怒らないんじゃなくて、怒る必要がないんだ。
「じゃ、あたしはもういいよね？」
　そう言って、ソファから立ちあがる。
　誰もあたしになにも言わないから、もういいんだと思う。
　……いや、ただあきれてるだけなのか。
「あ」
　そう言うと同時に、蓮に視線を向ける。
「蓮、汗流したいんだけど……シャワー浴びていい？」
「……あぁ、風呂じゃなくていいのか？」
「うん。じゃあ、借りるね」
　蓮にありがとう、と言うように笑いかけて、総長室の扉へ手をかける。
　そして振り返り、今度は颯に視線を向けた。
「颯は“仲間思い”だね」
　颯以外は、その言葉を聞いて意味がわからない、というようにポカンとしたり眉間にシワを寄せたりしている。
　けれど、颯には意味がわかったようで、あたしに向けてニッコリ笑った。
　そう。
　うますぎる作り笑いを。
　それを見てあたしも笑うと、そっと総長室の中へと足を踏みいれた。
　パタン、と閉じた扉の音だけが、その場に響いた。

　ガチャッと扉を開けて、風呂場へと入る。
　昨日と変わらず、まっ白なそこ。
　鏡に映るあたしは、カラコンを取った青の瞳。
　スプレーで黒に染められた髪は、お湯をかけたことでハニーブラウンに戻った。
　シャンプーで髪を洗いながら、あることを考える。
　そう、颯のことを。
　颯は“仲間思い”。
　だから、仲間じゃないあたしを怒る必要がない。
　あたしに対する颯の行動はすべて、仲間に対するものではない。
　つまり、“仲間思い”と正反対の接し方をされるということ。
　それは、仲間以外のヤツはどうでもいいってことだと、あたしは思う。
　本当にその人のことを仲間だと、大切だと思っているなら、悪いことをすれば怒ると思う。
　まぁ、今回のことが悪いことかと言われれば、どうなのかわからないけれど。

でも、タカは怒ってた。

すべてに怒っている、というのは、意味がわからなかったけれど。

逆に、颯は怒らなかった。

あたしの勝手な憶測だけど……あたしだから、怒らなかったんだと思う。

例えば、これがあたしじゃなくて隼とかタカだったら、まちがいなく颯は怒鳴ってただろう。

……タカと同じように。

要するに、あたしが言いたいのは、颯はあたしのことなんてどうでもいいと思ってるってこと。

颯は、あたしを知り合い程度にしか思ってないってこと。

まぁ、あたしとしてはそれは助かるんだけど。

ヘンな感情を持たなければ、ここから出ていくとき、なにも思わなくてすむから。

悲しいなんて、思わなくてすむから。

……そんな感情、いらないから。

髪を洗いおわると、ゴムで髪を留めて体を洗う。

細かく泡立てられた白い泡は、あたしの体を白く染めた。

お風呂場から出ると、そこら辺の棚から引っぱりだしたバスタオルで髪を適当に拭いて、体を拭く。

拭きおわったあと、バスタオルを置いておいた場所を見ると。

……そこにはなにもない。

「あれ……？」

もしかして、着替え持ってくるの忘れた……？

……あ。

持ってきたつもりで、持ってきてなかった？

「……クシュッ」

ってか、早く服着ないと風邪(かぜ)引く。

結局、ここに服はない。下着すらない。

それは、もちろん総長室のクローゼットの中だろう。

この洗面所から出ればすぐで、服くらい、すぐに取ることができる。

でも……もし、そこに蓮がいたら？

総長室は、総長である蓮しか入ってはいけないらしいから、蓮以外はいないだろう。

べつに蓮がいたとしても、タオルを巻いていけばいいし、この格好を見られて困るわけじゃない。

ただ、相手は……男。

そこで欲情なんてされたら……。

面倒くさいことにしかならないじゃん。

でも、服は取らなきゃなんないよなぁ……。

体……冷えるし。

いや、もう冷えてるかも。

心の中で葛藤(かっとう)しながらも、ふぅと息を吐き、そっと洗面所の扉を開けた。

そっと部屋の中をのぞきこむ。

そこは、相変わらずの黒が多い部屋。

助かったことに、そこには誰もいなかった。

ホッと息をついて、クローゼットに近づく。

そして、クローゼットを開けようと手をかけたそのとき。

ガチャリ、と扉の開く音がした。

扉へと視線を向けると……。

「あ」

「あ？」

扉を開けたであろう、なぜか不機嫌そうなソイツの声とあたしの声が混じり合った。

真意

【颯side】

たった今、真梨ちゃんが出ていった扉を見つめる。

『颯は“仲間思い”だね』

そう言って笑った真梨ちゃんは、俺という人間の心理がわかっているのかもしれない。

いや、たんに俺たちが似ているからなのか……。

でも、べつにいいと思わない？

真梨ちゃんが、俺にとってどうでもいい人間でも。

あっちだって、俺たちをどうとも思ってないんだから。

正直、俺は真梨ちゃんみたいな人種は嫌いだ。

妙に説得力のあることを言って、自分を正当化しようとするような、そんな人種は。

まぁ、俺も同じ人種だけど。

だから俺は、自分のことも……大嫌いだ。

それに、真梨ちゃんは生粋の遊び人。

俺よりもタチが悪い。

たしかに、俺も遊んでないと言えば嘘になる。

昔からある程度は遊んでたし、今でもまったく遊んでないわけじゃない。

たまに遊んで性欲を吐きだすくらいはしてる。

そうしないと、溜(た)まっちゃうしね。

だけど、真梨ちゃんは毎日だって噂だし。

噂だから信憑性(しんぴょうせい)に欠けるけど、みんなそう言ってるし、俺もそう思ってる。

しかも、遊びはじめたのは中1からだったとか。

いや、もっと前……？

聞いてあきれる。

その頃から毎日だぞ？

しかも、ほとんどちがう男と。

蓮に言われて真梨ちゃんについて調べたけど、出てきたのはそんなことばっかり。

でも、真梨ちゃんが抱えているらしい過去の闇については、調べなかった。

さすがにそこはプライバシーがあるから、という意味不明な理由だけど。

そういうのは自分の口から言うもんだ、という蓮の自論からだ。

住所とか調べた時点で、プライバシーなんて関係ないんだけどね。

真梨ちゃんの情報を調べたあと、ちゃんとロックもかけた。

俺は認めたつもりなんてないけど、一応、獅龍の“姫”だから。

なにかと情報が漏れたら困る。

だけど、俺が面倒見るのは情報だけ。

それ以外で真梨ちゃんがどうなろうと、どうでもいいし。

なんて、思ってたのに……。

なんで、この俺が真梨ちゃんの後始末なんてしなければならなかったのだろう。
　まぁ、ほとんど虎太郎がやってくれたから楽だったけど。
　でも、相手が厄介だった。
　真梨ちゃんを連れていこうとしていた男。
　ソイツは、“邪鬼”の下っ端だった。
　“邪鬼”っていうのは、俺たち“獅龍”と敵対関係にある族。
　県下一である俺たちのひとつ下、一応、この県では№2ということになる。
　クスリだとか強姦だとか黒い噂が絶えない、俺たちとは正反対の族で、もちろん喧嘩だって素手じゃない。
　俺たちは素手で戦うが、ヤツらは武器を使う。
　だから、抗争が起きたときは毎回てこずる。
　まぁ、俺たちの方が強いのは目に見えてるんだけど。
　それにしても、そんなヤツらが県下№2だなんて、ここも落ちぶれたもんだ……。
「…………」
　そして、なぜか沈黙している目の前の男たちは、俺を見ている。
　……というか、にらんでる。
「なんだよ」
　そう声を漏らすと、「アホ」と大河が俺に毒づいた。
「誰がアホ？　アホなのはお前だろ？」
「ちげぇよ、アホなのはアイツ。真梨」
　大河の言葉の意味がわからず、「は？」と言葉を漏らす。

「だから、颯が自分のこと認めてないってわかってんなら、あんな遠まわしな言い方しなけりゃいいのに、って」
あぁ……。そういうことか。
『颯は“仲間思い”だね』
さっきの真梨ちゃんのセリフを思い出す。
まぁ、俺にとっては真梨ちゃんがどう思ってようが、どうでもいいけど。
それよりも、言わなければならないことがある。
「蓮」
「なんだ」
「真梨ちゃんといた男のことだけど」
そう、あの男のことを。
「邪鬼の、下っ端だったよ」
「邪鬼……って、あの？」
俺の言葉に口を出したのは、隼。
「あぁ。あの“邪鬼”だよ」
それは、俺たちへの宣戦布告。
仮にも俺たちの姫である真梨ちゃんをさらおうとした。
たぶん……いや絶対、真梨ちゃんをエサに俺たちを脅そうとしていたんだろう。
つまり……俺たちは、邪鬼に喧嘩を売られた。
俺たちは自分からは喧嘩は売らないが、売られた喧嘩は買うと決めている。
喧嘩を買うということは、抗争が起こる、ということ。
喧嘩は、久しぶりだ。

最近、あまりしてなかったからなぁ～……。

獅龍のメンツと手合わせ、とかならしてたけど、それとこれとは全然ちがうし。

久しぶりの喧嘩が楽しみで、心の中でフッと笑った。

「蓮、どうすんだよ」

真剣な顔でそう問うタカに、蓮はなにも言わない。

でも、蓮はちゃんとわかってる。

すべて、わかっている。

「颯」

「なに？」

「情報回せ。あと、邪鬼のこと調べろ。今度こそ潰してやる」

蓮の言葉に、フッと笑う。

総長様は、お気に入りの真梨ちゃんに手を出されて、相当ご立腹のようだ。

まぁ、とりあえず情報回すか……。

そう思い、下にいるであろう光に≪近いうちに邪鬼を潰す≫とメールで伝えた。

きっと、すぐに光が他のヤツにも伝えるだろう。

血が騒ぐ。

それは、きっと下っ端のヤツらも同じ。

そして、ここにいるコイツらも。

ふと目が合った大河が笑っていて、俺も自然と笑みがこぼれた。

……にしても。

「真梨ちゃんに言ったわけ？」
「は？　なにを」
　俺の問いにキョトンとした顔で答えるのは、タカ。
　コイツ……バカ？
　いや、タカはバカだけど……言わないとわかんないのか？
　……はぁ。
　タカだし、仕方ないか。
「狙われてることだよ。チェンメのこと、まだ言ってないんじゃないの？」
　俺のカンだと、チェンメの写真を撮って流したのも邪鬼のヤツらだと思う。
　そのチェンメのせいで、思ったより早く真梨ちゃんのことがバレた。
　こうなったら、できるだけ早く真梨ちゃんに言っておいた方がいい。
　バレたのは俺たちの責任だから。
「「「あ……」」」
　ヤバ、というような表情をする隼とタカ、それに大河。
　やっぱり言ってねぇのかよ……。
　コイツら、本物のバカだ。
　しょうがない、真梨ちゃんを呼び戻すしかないか……。
「蓮」
「んだよ」
「真梨ちゃん、呼んできて」
　時間的に、シャワーを浴びおわっているか微妙な時間だ。

　でも、どちらにせよ総長室に入れるのは蓮だけ。
　必然的に真梨ちゃんを呼んでこられるのも蓮だけ、ということになる。
　もちろん、それは蓮もわかっている。
　仕方なしに、不機嫌そうなツラでソファから立ちあがった。
　そのままそっと扉に近づくと、蓮は迷いもなく扉を開けた。
「あ」
「あ？」
　真梨ちゃんの間の抜けたような声が聞こえて、思わず眉をひそめる。
　それとほぼ同時に聞こえた蓮の不機嫌そうな声も、なぜか少しとまどっているように聞こえて、ソファに座っている俺を含めた４人は立ちあがる。
　そのままそっと蓮のうしろから総長室をのぞいた。
　そして、俺たちの思考回路は遮断された。
　だって、そこには……バスタオルたった１枚を纏った、真梨ちゃんがいたから。
　たぶん、ついさっきまでシャワーを浴びていたのだろう。
　痛みひとつない綺麗なハニーブラウンの髪は濡れていて、毛先に溜まった水が白い肌を伝っていく。
　大きなブルーの瞳は、シャワーを浴びたばかりのせいか少し潤んでいて。
　目線をさげれば、綺麗な谷間が拝見できる。
　ウエストも思った以上に細く、足もスラッと伸びていて。
　そのくせ小さい身長が可愛らしい。

　本当……この女は、モテる要素をすべて備えている。
　その強がりな性格も、男を“いじめたい”という衝動に駆らせるのだろう。
　黒が多いその部屋で、白い肌をさらしている真梨ちゃんは異質。
　汚れを感じさせないくらい、綺麗で。
　妖艶な色気を纏っていて。
　なぜ、男たちが真梨ちゃんを求めるか、わかった気がした。
　でも、俺はやっぱり真梨ちゃんを認めない。
　そう、思うのに。
　なんで、真梨ちゃんはそんな目で俺を見るんだろう。
「颯」
「なに？」
「あたしと颯は、同じじゃないよ。全然、似てなんかないから」
　……一瞬、コイツなに言ってんだ、と思った。
　でも、真剣でまっすぐな瞳は俺を見つめていて。
　冗談なわけじゃないんだ、と悟った。
「同じって？　なにが？」
「んー？　なんとなく思っただけ。颯がわかんないならいい」
　なんて、真梨ちゃんは笑うけど、わからないわけじゃない。
　俺と真梨ちゃんが似てる、なんてのは、前から思っていたこと。
　この心の内の闇も、どこか似ているような気がして……

だからこそ、俺は真梨ちゃんを認めたくないのかもしれない。
そして、真梨ちゃんは今“同じじゃない”と言った。
“似てない”と言った。
でも、真梨ちゃんが言いたいことは、そんなことじゃないと思う。
だって、ほら。
俺を見て笑う真梨ちゃんは、同じじゃないけど……同類だ。
似てるけど……似てない。
俺たちはたぶん、纏っている雰囲気が同じなのだろうと、心の中で思った。
「……てか、いつまで見てんの」
そんなことを言われて、ハッと我に返る。
周りの状況に気がついた、と言った方が正しいのだろうか。
俺の左に蓮がいて、蓮の左には隼と大河。
いたっていつもどおり。
いたって普通。
だけど……ただひとり、いないことに気がつく。
そう、俺の右にいた、タカがいないことに。
そんなことにほんの少し動揺して、視線が定まらない。
そんな俺に気がついたのか、それとも他のヤツらも同じような反応だったのか。
「タカなら、鼻押さえて出ていったけど」
俺たちの考えていたことを読みとったらしい真梨ちゃんは、そう言った。
……あれ？

でも、それだったら……。

「ブッ」

……あ、来た……。

隼にも、限界が。

俺がそう思った瞬間、左からものすごい勢いで“なにか”が部屋から出ていった。

その、限界が来た……“隼”が。

「……被害者、ふたりかよ」

そう言った大河の声色にも、動揺が含まれている。

たぶん、俺もそうなんだろうな、と他人事のように自分を見ていた。

真梨ちゃんが着替えて、タカと隼が落ちついたところで、ソファに移動した。

隼の隣に座っている真梨ちゃんは、ちゃんとルームウェアを着ているものの、足はしっかり放り出していて。

俺たちからすれば、結構な刺激(しげき)だ。

「じゃ、気を取りなおして……？」

そう言う隼に、なぜ疑問形なんだ、ともツッコめない俺たちは、相当ヤラレてしまったのかもしれない。

真梨ちゃんの色気にヤラれた負傷者ふたりはというと、鼻血が出たらしいそこに丸めたティッシュを突っこんでいる。

せっかくの綺麗な顔が台無しだ。

そんなブサイクになってしまったタカの隣の真梨ちゃん

は、ブスッとしている。
　そんな顔でさえサマになってしまう真梨ちゃんは、すごいと素直に思う。
「気を取りなおしてって……またなんかあるわけ？」
　そんなことを思われてるなんて知る由もない真梨ちゃんは、そのままの顔で口を開く。
「ちょっと、ね」
　俺がニッコリ笑うと、真梨ちゃんも笑い返してくる。
　なんだかそれが自然の流れになっている気がして、視線を真梨ちゃんからそらした。
　そのまま視線を蓮に向けると、蓮はなにも話す気はないのか、腕を組んで目をつむっている。
　そんな蓮を見て話しはじめたのは、俺ではなく大河だった。
「面倒くさいことになったんだとさ」
　大河の言葉を聞いた真梨ちゃんは、意味がわからない、というように眉間にシワを寄せている。
「真梨ちゃんの存在が、他の族にバレたんだよ」
　俺がそう言うと、真梨ちゃんは余計に表情を曇らせた。
「バレた……？」
　そう口を開く真梨ちゃんは、意味がわかっているのかいないのか。
　その眉間のシワは、消えることを知らない。
　そんな真梨ちゃんにため息をこぼして、俺は彼女に目を向けた。
「いわゆるチェーンメールが出回ったんだ。真梨ちゃんが獅龍の姫になったことが記された、チェーンメールが、ね」
　笑顔を崩さずにそう説明したけれど。
「だから、どうしたの。なにか起こるわけ？」
　俺の説明では、意味がわからないらしい。
　まぁ、遊び人とは言っても、一応、一般人だからね。
　わからなくても仕方がないか……。
　思わず出てきてしまいそうなため息を飲みこんで、口を開く。
「真梨ちゃんは女だから、男には敵わないでしょ？　だから、獅龍に姫がいると知った族が真梨ちゃんを利用して、獅龍を潰そうとしてくるかもしれないんだ」
「利用する……？」
「うん。ラチられる可能性は十分ある。もしラチられたら、まわされるかもね」
　そう言いながら少し笑って、「真梨ちゃんだから大丈夫でしょ？」と、嫌味のように付け足す。
　“遊び人の真梨ちゃんだから、べつにまわされても平気でしょ？”と言うように。
「…………」
　嫌味を言ったはずなのに、なにも言わない真梨ちゃんは不自然にも肩があがっている。
　でも、それはほんの少しの間だけで、すぐにもとに戻った。
「ま、なんなら俺が守ってやるよ」
　沈黙を破るように、大河がそう言って笑う。
　蓮はそれを見て、少し眉をひそめた。

大河はそれを見て楽しそうにさらに笑って、俺も小さく笑った。
ふとタカを見ると、立ちあがって寝室の方に向かっていく。
そして大河のうしろで立ちどまったかと思うと、その頭をコツン、とたたいた。
「“俺が守る”んじゃなくて、“俺らが守る”んだからな！」
そう言うと、寝室に消えていった。
タカの表情は見えなかったけれど、かすかに笑っていた気がした。
「話は……それだけ？」
いきなり口を開いた真梨ちゃんに、「え？」というように視線を移す。
「だから、言いたいことはそれだけかって聞いてんの」
そう言いながら、真梨ちゃんはうつむいていて。
なにを考えているのか、わからない。
「ちょっと、颯？」
真梨ちゃんに名前を呼ばれて、ハッとさげかけていた目線をもとに戻す。
戻した視線の先の真梨ちゃんは、目は合わないけれど、もういつもどおりに戻っていた。
「うん。べつに、もう言いたいことはないよ」
俺はニッコリ笑って、そう言った。
すると、真梨ちゃんはソファから立ちあがる。
そのまま歩いていく先には総長室。
寝るのだろうかと思いつつ、俺はあることが気になり、それを止めた。

「真梨ちゃん、夕飯は？」

「……いらない。適当に食べたし」

俺の言葉にそう返事をすると、真梨ちゃんは俺たちに背中を見せて総長室に入っていく。

ていうか真梨ちゃん、朝だってカフェオレしか飲んでなかったし、昼だって一人前のお弁当を食べきっていなかった。

夕飯だって、ちゃんと食べたのか疑わしい。

そのうち餓死（がし）するんじゃない？

餓死されて困るのは、こっちなんだけどなぁ……。

どちらにしろ、俺には関係ないと思うけど。

でも、見えた背中は小さくて、儚くて。

同類だとか認めるだとか、守るだとか、そんなの関係なく……ほっとけない気がした。

five

ぬくもり

【真梨side】

温かい。

これは、誰？

手を伸ばすけど、それは空気を切るだけで、なににもさわれない。

誰……？

ぬくもりはすぐ近くにあるのに、触れられない。

手を伸ばしながら、昨日の颯の言葉がふいに頭に浮かんだ。

『ラチられたら、まわされるかもね』

鮮明に思い出せば、体が震えだす。

“まわされる”

それ以上の恐怖なんて、あるのだろうか。

私には……そんなもの、ない。

“悲しい”も“さびしい”も、捨ててきた。

同じく捨てたはずのその感情は、忘れることさえ許されない。

“恐怖”という感情だけは。

あたしの手が、なにかに……誰かに、触れた。

誰かわかんないけど、温かい……不安や恐怖をなくしたくて、ギュッと抱きつく。

誰だろう……。

なんだか固いし、すごく大きい。

男だろうか。

……って、男!?

そう思った瞬間、バッと目を見開く。

目の前には、黒のスウェットを纏った硬い胸。

どう考えても、それは男のもの。

誰かと思って、顔をあげる。

そして、そこにいたのは……。

「いつまで抱きついてんだよ。……襲うぞ？」

そう言ってあたしをにらむ、蓮だった。

「あ、え……!?」

混乱して、言葉が出てこない。

なんで、蓮がここに？

しかも、なんであたしが蓮に抱きついてんの？

あたし、もしかして……。

「寝てた？」

ポツリ、つぶやく。

あたしの記憶は昨日、部屋に入ったあとからポッカリ抜けていて、一番新しい記憶は、さっきのあのぬくもり。

てか、そうすると今って朝か。

勝手にそう納得し、パッと蓮から離れる。

「寝てた？じゃねーだろ。爆睡だ、爆睡。この俺様を抱き枕にしやがって……」

なんかよくわからないけれど、昨日不機嫌で全然しゃべんなかった蓮が、今日はよくしゃべる。

しかも、ちょっと怒ってるみたいだし、すっごい俺様発言が聞こえた気がする。
「そっか……っていうか、蓮を抱き枕にしたのは不可抗力だし、なんだったらここで寝なきゃよかったじゃん」
　ムッと蓮をにらんで言うと、蓮はハァ？とバカにしたような視線を向けてくる。
「俺がベッド以外で寝るわけねぇだろ。なんだ？　ソファで寝ろってか？」
　……たしかに、あたしと蓮がいるのはベッドの上で、この部屋の所有者は、あたしではなく蓮。
　この部屋にはソファもひとつあるけれど、普通なら居候（いそうろう）であるあたしがそこで寝るべきだろう。
　蓮がベッドで寝るのは当然のこと。
　でも……おととい寝たときは、蓮があたしのこと抱きしめて寝たんだし……。
「蓮だってしたんだから、べつにいいじゃん」
　そう思うのは、あたしだけだろうか？
「あ？　よくねぇよ。男の事情ってもんを考えろ」
「はぁ？　男の事情？　なにそれ。あたし女だから、そんなのわかんないし」
「わかんねぇじゃねぇ、考えろ」
「無理」
「あ？」
　面倒くさいやりとりが続いて、イライラが募る。
　あー、ていうかもう、ホントに面倒くさい。
「はぁ、もういい」

軽くため息をついてそう言うと、あたしはベッドから起きあがる。

だけど蓮は、そんなあたしの腕をつかんだ。

「待てよ」

「……離して、ってちょ、やめ……!?」

そして、そのまま引っぱられたあたしの体は、いとも簡単に蓮に捕らえられて、いつの間にか押し倒される形になっていた。

「ちょっと、なに朝から盛(さか)ってんのよ」

冷静に、下から蓮をにらみつける。

でも、蓮にはそんなものはきかない。

「俺が怒ってること、わかんねぇのか？」

眉をひそめながら、そう聞いてきた。

蓮が怒っていることは、さすがのあたしでもわかってる。

でも、なにに対して怒ってるか見当がつかない。

思い当たる節(ふし)が多すぎるし……。

んー。

昨日みんなに迷惑かけたことでしょ？

勝手にベッドで寝たことでしょ？

蓮に抱きついてたことでしょ？

ほら、パッと思いつくだけでもこれだけある。

蓮を怒らせる要因が。

「……わかってるよ。なんで怒ってるのかは、わかんないけど」

「やっぱ、わかってねぇじゃねぇか」

ブスッとした顔であたしがそう言うと、蓮は真剣な表情になる。

「なぁ……なんで昨日、男と遊んだ？」

そして突然、そんなことを言いだした。

は……？

予想もしていなかった質問に、頭がついていかない。

男と遊んだ……ってまぁ、たしかに遊んだ。

誰と遊んだかは……あんま覚えてないけど。

名前、なんだっけ？

レイ？

カイ？

……まぁ、そんなことはどうでもいいんだけどさ。

「なんでって……べつになんとなく」

思ったことを言っているだけなのに、蓮は納得がいかないらしく、眉間のシワは深くなるばかり。

「なに、それがどうかしたわけ？」

「べつに……」

蓮はそう言って目をそらすけど、眉間のシワはなくなることを知らない。

……なにが気にくわないんだろうか。

あ、あたしが男といたことだっけ。

なんとなく遊んだ、って言っただけでこれだもんね。

でも、それって……。

「蓮、あたしのこと好きなの？」

そうだとしか、考えられない。

だって、そうでしょう？

あたしが男と遊んだだけで機嫌が悪くなるなんて、そうだとしか思えない。

だけど蓮は、あたしを冷たい銀の瞳で見おろして、薄く笑う。

「なわけねーだろ。ふざけんな、自意識過剰女」

そう言って、言葉とは裏腹にあたしにキスをした。

「なん……!?」

いきなりされたキスに、あたしはなすすべがない。

呆然として、抵抗することすらできなくて。

それをいいことに、口内に蓮の舌が侵入する。

「……んっ……」

キスはだんだんと激しさを増す。

息があがる。

舌が、頬が、手が、胸が、体が、熱を帯びる。

ヤ、バい……。

頭がボーッとして、なにも考えられない。

だけど、これだけはわかる。

あたし、蓮とのキスが嫌じゃない。

体のすべてが熱に侵されたみたいに熱くて、でも心地いい。

意識が、途切れそう。

ありえない。

キスごときで、こんな風になるなんて。

ありえない。

意識が飛びそうになるなんて。

ありえない。

失神（しっしん）するなんて……。

「お前は俺に溺れてろ」

意識が途切れる寸前、蓮が吐きすてたのは、そんな言葉だった。

「んんー……？　何時？」

ポツリと、冷たい空間の中でつぶやく。

だけど、それに答える人はいない。

さっきまでいたはずの蓮さえいないことに、今さら気づいた。

あ……そっか……。

蓮にキスされて……。

それで、失神、しちゃったんだっけ……。

それを思い出した瞬間、ボッと顔がほてる。

あんなキス……はじめてだった。

頭がボーッとして、気を失うほど甘く、激しいキス。

思い出すだけで、体が熱くなる。

蓮のヤツ、なんであんなキス……。

……って、それはあたしがヘンなこと言ったからか。

『あたしのこと好きなの？』なんて、聞くんじゃなかった。

そんなこと、絶対ないのに。

蓮も、可愛い冗談だと思って、受け流してくれればよかったのに。

なんて心の中で文句を垂れながら、ケータイで時刻を確認する。

　そこに記されていたのは、11時という時間。

　……学校、完全遅刻だな。

　てか、なんでこんな時間まで起こさないわけ？

　もしかして、先に学校行ったとか？

　まぁ、それでもいいんだけど。

　とりあえず、学校行こう。

　そう思いたち、立ちあがって学校へ行く準備をした。

「おはよう」

　いつもどおり髪を黒く染めて、黒のカラコンを入れた姿で部屋を出れば、聞こえた声。

　ウザいくらいさわやかなその声に、あたしは適当に返事をすると、ふと周りを見渡す。

　そこにいるのは、目の前にいる颯だけで、蓮たちはいない。

「蓮なら先に学校行ったよ」

　あたしの心の中が見えているかのようにそう言う颯に、眉間のシワが寄る。

　しかも、なぜか蓮に限定されてるし。

　意味がわからない。

「あっそ」

　そっけなく答えるあたしを見て、クスクスと笑う颯。

　そんな颯をにらみつけるけど、颯にはそんなものは効くはずがなく。

「学校行くよ」

そう言って立ちあがった颯にあたしもうなずいた。

車の中、運転手は変わらず和也さん。
ただいつもとちがうのは、乗っているのがあたしと颯だけ、ということ。
「ねぇ、真梨ちゃん」
少し走った頃、突然話しかけてきた颯に、冷静に「なに」と返す。
「真梨ちゃんは、なにを思って俺らのそばにいるの？」
そう言われ颯の方を見れば、颯はただ前を見すえている。
なにを言いたいのか。
颯の真意がつかめない……。
「べつに……」
なんとなく、と続けようと思った言葉は飲みこんだ。
だって、自分でもよくわからないから。
蓮に連れられて、ここまで来て。
蓮に言われて、たくさんの物を捨てた。
住んでいたアパートも、そこにあった物も。
たいした物はなかったから、べつになんともないのだけれど。
自由だってないし、男と遊ぶこともできない。
たぶん、女友達に会うことすら、頭の固い蓮は許してくれないと思う。
ただ、あるのは……。
お金と、“仲間”という名の温かさ。

そんな温かさを知らないから、憧れるから、あたしはここにいるのかもしれない。

そんな綺麗なところに、汚いあたしが入れないことはわかっているけど、少し憧れているのかもしれない。

……そんなこと、颯やみんなには言えないけど。

「……颯は、なんであたしが“姫”になることに反対しなかったの？」

すると、颯はハッとしたように、あたしに視線を移した。

颯があたしをよく思っていないことはわかっている。

だからこそ、不思議なんだ。

なぜ、蓮があたしを倉庫に連れていくと言ったときに反対しなかったのか。

なぜ、“姫”にすることに反対しなかったのか。

不思議で仕方がない。

「俺は……」

颯の瞳から、目をそらさない。

颯も、あたしから目をそらさない。

そらせないわけじゃない。

あたしたちにとって大事なことだから、そらしちゃいけないんだ。

学校の前で車が停止する。

颯はあたしから目をそらし、車からおりる。

続くように、あたしも車からおりた。

だけど、あたしを置いてスタスタと歩いていく颯。

「ちょ、颯!?」

「俺は……」

「え？」

「俺は、ハッキリ言って真梨ちゃんが嫌いだよ。……でも、真梨ちゃんがここにいたいって言うんなら、勝手にすればいいとも思う」

“勝手にすればいい”

　颯のセリフが、頭の中でこだまする。

　颯が、認めた……？

「はや、て？　それ、どういう……」

「あぁー、もう！　なんだっていいだろっ」

「は？」

「だからっ！　……認めてやるって言ってるんだよ、バカッ」

　そう言った颯は、ほんの少しだけ耳が赤く染まっていた。

　そんな颯を見て、自然と笑みがこぼれた。

ガラス

【颯side】

「……颯は、なんであたしが“姫”になることに反対しなかったの？」

その疑問に、なかなか答えられなかった。

だって、真梨ちゃんがどうしようもなく、憎めなくなってしまったから。

昨日、俺が言った言葉を聞いたあとの真梨ちゃんの様子が忘れられない。

決して俺と目を合わせることはなくて、強く見えても、どこか儚く弱い気がした。

すべて、どうでもよくなるくらい、ほっとけないと思ってしまったんだ……。

「……認めてやるって言ってるんだよ、バカッ」

ガラにもなく言った言葉は、俺の体を熱くさせるのには十分で。

そんな顔をさらしたくなくて、俺は真梨ちゃんを置いて校舎へと入っていった。

そのまま教室にも行かずに屋上へ直行すれば、そこにはいつものアイツらの姿。

「あ、颯！　やっと来た～」

そう声をかける隼に、ちょっと笑って返す。

蓮は少し離れたところで日向（ひなた）ぼっこをしていて、他のヤツらは入り口近くの日陰(ひかげ)に集まっていた。

隼の隣に座ると、「真梨は？」と聞いてくるタカ。

俺が「知らね」と答えると、今度は大河が声を荒らげた。

「はぁ？　一緒に来たんじゃねぇのかよ。お前がひとりでいいっつーから任せたんだからな？　おかげで、お姫様を取られた王様は、不機嫌きまわりねぇんだけど」

「……来たけど、玄関に置いてきた」

「置いてきたって……まぁ、学校内なら大丈夫か」

そんな俺らの会話を聞いて、タカが口を挟(はさ)む。

「いや……そうとも言いきれないだろ」

「なんで？　だいたい獅龍のメンバーだし、それ以外はただのヘタレな不良……」

……あ。

「女、か」

大河がポツリ、つぶやく。

……女。

それは、醜い生き物だ。

真梨ちゃんのように自分を売るヤツもいれば、男を自分を着飾るブランドだと思っているヤツもいる。

中には本当に綺麗な女もいるのだろうが、あいにく俺らの周りにはそんな女ばかりだ。

その分、俺らといるということは、真梨ちゃんに相当のリスクを与えていることになる。

女は俺たちに常に媚を売るか、おびえて逃げるか。

この学校には、前者のようなヤツが嫌というほどいる。

もちろん、そいつらは俺らと一緒にいる真梨ちゃんに対して、いい感情は持たない。

まぁ、真梨ちゃんの場合、俺らと一緒にいる前からあまり状況は変わらないのだろうけれど。

だけど、光みたいな下のヤツらからの風当たりも強いだろうし、確実に真梨ちゃんの周りには敵が増えただろう。

大丈夫かな、などと思ってしまう俺は、やはり情が移ってしまったのだろうか。

普通だったら、こんなに短い時間で気を許すなんてことはありえない。

いや、今も完全に許したわけじゃないが。

だが、俺たちがここまで受け入れてしまったのは、真梨ちゃんにはどこか人を惹きつけてしまう魅力（みりょく）があるからだろう。

まぁそれも……隼を除いての話だが。

「べつに、ほっとけばいいじゃん」

そう言う隼に、俺はハハッと笑う。

隼を見ていると、人を簡単に決めつけてはいけないな、と思う。

たしかに隼は可愛いけど、可愛いのは顔だけだ。

甘えたと言えば甘えただけど、隼は俺たちの中で一番腹黒だし、毒舌（どくぜつ）だ。

まだ真梨ちゃんに対しては、本性を全面に出してはいないけど。

真梨ちゃんを信用しきったわけではないのだろう。

でも、まったく信用していないわけではない。

隼が真梨ちゃんをここに入れてもいいと言ったのは、きっと、信用してみたくなったから。

女を、信じてみたいと思ったから。

隼が、女嫌い克服の第一歩を踏みだしたようで、俺たちはうれしかったんだ。

その点では真梨ちゃんに感謝もしてる。

でも……やっぱり、すぐには無理みたいだな。

当たり前のことなんだけど。

隼の過去は、そんなに短い時間で女に気を許せるようになるほど単純なのものではない。

「隼、なにかあったらどうするんだよ」

「そんなの、アイツの責任でしょ。俺はどうでもいいし」

タカと隼の会話を聞いて、人間はつくづくおもしろいと思う。

だって、第一印象とその人の本当の姿は、まったくちがうことが多々あるのだから。

それは、俺たちだって例外ではない。

俺のことを優しそうだと言っていたヤツが、本当の俺を見て冷徹だとか言ったり、そういうことはよくある。

ある意味当たり前なのかもしれないが、それで勝手な偏見を持たれて困るのはこっちだ。

まぁ、真梨ちゃんにいたっては、噂がありすぎて第一印象もくそもないが。

「ん一、なんとかなるだろ。そこまでは俺も面倒見る気ないし」
「はぁ？　巻きこんだのは俺らだろ？　怪我(けが)とかしたらどうすんだよ」
「そんな早々、怪我なんてしねえって」
「でも、そんなこと言ってて……」
　──バァン!!
　大河とタカの言い合いを遮って、大きく扉が開く。
　入ってきたのは、めずらしく息を切らした虎太郎。
「どうした？」
「み……水川真梨が、女子生徒に絡まれて……っ、階段からっ、突き落とされました……!!」
　俺の問いに、虎太郎の叫ぶような声が屋上に響いた。
「……は？」
「ああ!?」
　大河の間の抜けた声と、蓮の機嫌の悪い声が同時に飛びかった。

【真梨side】
「はぁ」
　颯が見えなくなった昇降口を見て、ため息が出る。
　カツリとローファーを鳴らしながら昇降口を通れば、休み時間なのか人がポツポツと見えた。
　ローファーのままあがりこんで、屋上へと続く階段をのぼる。
　今日は教室に行く気分じゃない。

もしかしたら屋上には蓮たちがいるかもしれないけど、教室で嫌な視線を浴びるよりは全然マシだ。

「ちょっと」

２階までたどり着いたとき、目の前から発せられた声。

気の強そうなハスキーボイスにイラッときて、そいつに目を向ける。

汚いぐらい傷んだ金髪に、ケバいメイク。

臭(くさ)いくらい匂(にお)う香水に、あたしよりはるかに高い身長。

顔は小さいし目も二重で大きいのに、もったいない……なんて、あたしが言えたことじゃないけど。

そんなもったいない彼女の横には、ふたりのこれまたケバい女がくっついている。

ていうか……。

「誰」

にらみつけながらそう問えば、怒っているのか顔をまっ赤にして怒鳴りはじめる。

「あたしのこと知らないわけ!?　ありえないんだけど!!」

てか、そんなに有名なの？　この女。

たしかに顔だけなら、ずば抜けてるかもしれないけど。

「あんた、調子乗りすぎなんじゃない？　ちょっと可愛いからって、あんたみたいな淫乱女がいていいところじゃないんだよ、獅龍はっ！　どうせ、あんたが付きまとってんでしょ!?」

獅龍のファンってことか。

てか、可愛いってのは否定しないんだな、この女。

　すると、うるさい女どものうしろの方に、ふたつの人影が現れた。
　光と……虎太郎？
　じっと光を見つめれば、あっちもあたしを見ていたようで、バチっと目が合った。
「ちょっと、どこ見てんのよ！　聞いてんのっ!?」
「あーはいはい、聞いてる聞いてる」
　そう言って光たちから視線をそらすけど、ふたりの視線を痛いほど感じてしまう。
「あたし、蓮さんに抱かれたこともあるのよ」
　へぇ。
　蓮に、ね。
　まぁ、アイツらだって、それなりに遊んでるのはわかってんのよ。
　タカだって、べつに経験がないわけじゃないだろうし。
　でも、コイツの言い方はなんか……。
「蓮たちは、ブランド？」
　自分を着飾るブランドのような、抱かれることがステータスみたいな……そんな風に聞こえる。
「ふふ、当たり前よ。あの人に抱かれるなんて、最高以外の何物でもないわ」
　あぁ、コイツも一緒だ。
「くさってる……」
「え？」
「くさってるよ、あんたら」

本当、この世界はくさってる。
あたしも、コイツらも。
男をブランド化してステータスだと思ってるコイツらも。
男を利用してだまして、満たされるあたしも。
全部、くさってる。
でも、やめたくてもやめられないことも、あたしはちゃんと知っている。
ただ、「くさってる」……そう口にして、自分を正当化したかった。
「わかったような口、聞いてんじゃないわよ!!」
最後にそう言われたと同時に、真うしろの階段の方に突きとばされて……。
あいにく、そこは下りの階段。
見えたのは、くすんだ白色の天井。
気づいたときには、体が大きく傾いていた。
とっさに足で地面を蹴(け)りあげられたのは、我ながら悪くない運動神経のおかげだと思う。
地面を蹴った反動で押された力に拍車(はくしゃ)をかけ、そのまま上半身をうしろにそらした。
スローモーションのように目の前の光景がぐるっと回って、視界が逆さに変わる。
階段をのぼってくる人の驚いたような顔が逆さに見えて、ヘンな感覚に陥(おちい)る。
そこから目をそらして、逆立ちするように階段の途中で手をついた。

そのまま手に力をこめて地面を押して、景色がもとに戻る……いわゆるバク転もどきをしたわけだけど……。
——ガクッ。
「……っ!?」
踊り場まであと一歩、というところで着地してしまったため、段差で足をひねってしまった。
ジリジリと痛む足を右手でそっと支えるけど、痛みは増すばかりで立ちあがることもできない。
ありえない。
手はしっかりつけたのに……。
今日のあたしは、とことん運が悪いらしい。
足と同時に頭も痛み、はぁとため息をこぼした。

【光side】
アイツの黒色の髪が揺れる。
階段でバク転をしたとき、アイツのすべてに目を奪われた。
俺は、バカだろうか。
目がおかしいんだろうか。
なぜか……アイツの背中に羽が生えてるみたいに見えた。
そのくらい、バク転したアイツは軽やかで、儚くて……綺麗だった。
だけど着地に失敗したのか、水川真梨はうずくまっている。
ふるふると頭を振ると、思考を切りかえる。
「おい、大丈夫か!?」
虎太郎に蓮さんたちを呼びにいかせて、踊り場にしゃがみこんだままの水川真梨にとっさに駆けよる。
「光……？」
　足をひねったのか、右足を押さえたまま弱々しい声を出して水川真梨は顔をあげた。
　痛みからか、少し眉間にシワを寄せたまま、俺を見あげてくる。
　すると、自然と上目遣いになるわけで。
　わざとなのか、なんなのか。
　ただ、顔だけは綺麗な水川真梨の上目遣いは、誰にとっても破壊的だ。
　俺は動揺を悟られないように、水川真梨の瞳から足へと視線を移した。
　そのまま階段を見あげるけれど、水川真梨を突き落とした女たちはいなくなっていた。
　突き落としてすぐに逃げたのだろう。
「足、ひねったのかよ？」
「……らしいね」
「立てるか？」
「たぶん」
　そう言いつつ、立とうとしない。
　きっと、立てないんだろう。
　コイツは意地を張っているだけだ。
「虎太郎は？」
「あ？　虎太郎？」
「さっき一緒にいたじゃん」

「あー、蓮さんたち呼びにいった」

　俺がそう言えば、「は？」と目を見開いた水川真梨。

「なんで呼びにいったのよ」

　ありえない、と言うように俺をにらみつけてくる。

「なんでって……当たり前だろ？　お前は獅龍の姫なんだから」

　俺も軽くにらみ返すけど、水川真梨はなにを思っているのかうつむいた。

「……がう」

「え？」

「ちがう」

「ちがうって……なにが」

「姫じゃない。姫“なんか”じゃない」

「どういうことだよ」

　意味がわからない。

　体を使ったのかなんなのか知らないが、蓮さんたちに取りいって、姫の立場を手に入れたんじゃないのかよ。

「あたしを見てくれる人なんて、ほんの少ししかいないってことよ」

　そう言う水川真梨は、親指と人差し指の腹との間隔をだんだんせばめて……ついには、なくした。

　どういう意味なのかわからなくて、なにも言い返すことができなかった。

「真梨」

　そのとき、蓮さん特有の低く、でも色気を含んだ声が聞こえて、水川真梨から一歩離れて礼をする。
「立てねぇのか、真梨」
「…………」
　答えない水川真梨。
　沈黙は肯定と取ったのか、蓮さんは水川真梨の背中と足に腕を回して持ちあげる……いわゆる、お姫様抱っこをした。
「キャー!!!!」
　その瞬間、周りからは女の子たちの悲鳴が鳴りひびく。
　中には「やめてぇ」や「いやあああぁ！」といった声も聞こえる。
「光、あとは頼む」
「はい」
　俺がうなずいたのを確認して、蓮さんは去っていく。
　そのうしろにいるのはタカさんだけで。
　水川真梨の言う、“あたしを見てくれる人なんて、ほんの少し”というのは、こういうことなのだろうか。
　俺にはわからない。
　ただ、蓮さんにおとなしく抱かれている水川真梨は、とても小さく見えた。

【真梨side】
「ちょっと、あれ……」
「え、やだぁ!!　蓮様がぁ！」
「本当だったのかよ!?　真梨ちゃんが志摩蓮斗ひとりに絞(しぼ)ったって!!」

お手数ですが
切手をおはり
ください。

郵便はがき

104-0031

東京都中央区京橋1-3-1
八重洲口大栄ビル7階

スターツ出版(株)　書籍編集部
愛読者アンケート係

(フリガナ)
氏　名

住　所　〒

TEL　　**携帯／PHS**

E-Mailアドレス

年齢　　**性別**

職業

1. 学生(小・中・高・大学(院)・専門学校)　2. 会社員・公務員
3. 会社・団体役員　4. パート・アルバイト　5. 自営業
6. 自由業(　　　　)　7. 主婦　8. 無職
9. その他(　　　　)

今後、小社から新刊等の各種ご案内やアンケートのお願いをお送りしてもよろしいですか?

1. はい　2. いいえ　3. すでに届いている

※お手数ですが裏面もご記入ください。

お客様の情報を統計調査データとして使用するために利用させていただきます。
また頂いた個人情報に弊社からのお知らせをお送りさせて頂く場合があります。
個人情報保護管理責任者:スターツ出版株式会社 販売部 部長
連絡先:TEL 03-6202-0311

愛読者カード

お買い上げいただき、ありがとうございました!
今後の編集の参考にさせていただきますので、
下記の設問にお答えいただければ幸いです。よろしくお願いいたします。

本書のタイトル（　　　　　　　　　　　　　　　　　　　　　　　　　　）

ご購入の理由は？　1. 内容に興味がある　2. タイトルにひかれた　3. カバー（装丁）が好き　4. 帯（表紙に巻いてある言葉）にひかれた　5. 本の巻末広告を見て　6. ケータイ小説サイト「野いちご」を見て　7. 友達からの口コミ　8. 雑誌・紹介記事をみて　9. 本でしか読めない番外編や追加エピソードがある　10. 著者のファンだから　11. あらすじを見て　12. その他（　　　　　　　　　　　　）

本書を読んだ感想は？　1. とても満足　2. 満足　3. ふつう　4. 不満

本書の作品をケータイ小説サイト「野いちご」で読んだことがありますか？
1. 読んだ　2. 途中まで読んだ　3. 読んだことがない　4.「野いちご」を知らない

上の質問で、1または2と答えた人に質問です。「野いちご」で読んだことのある作品を、本でもご購入された理由は？　1. また読み返したいから　2. いつでも読めるように手元においておきたいから　3. カバー（装丁）が良かったから　4. 著者のファンだから　5. その他（　　　　　　　　　　　　）

1カ月に何冊くらいケータイ小説を本で買いますか？　1. 1～2冊買う　2. 3冊以上買う　3. 不定期で時々買う　4. 昔はよく買っていたが今はめったに買わない　5. 今回はじめて買った

本を選ぶときに参考にするものは？　1. 友達からの口コミ　2. 書店で見て　3. ホームページ　4. 雑誌　5. テレビ　6. その他（　　　　　　　　　　　　）

スマホ、ケータイは持ってますか？
1. スマホを持っている　2. ガラケーを持っている　3. 持っていない

学校で朝読書の時間はありますか？　1. ある　2. 今年からなくなった　3. 昔はあった　4. ない

ご意見・ご感想をお聞かせください。

文庫化希望の作品があったら教えて下さい。

学校や生活の中で、興味関心のあること、悩みごとなどあれば、教えてください。

いただいたご意見を本の帯または新聞・雑誌・インターネット等の広告に使用させていただいてもよろしいですか？　1. よい　2. 匿名ならOK　3. 不可

ご協力、ありがとうございました!

「ありえねぇだろ……」

　嫉妬、好奇、驚愕、疑問。

　たくさんの視線が投げかけられる中、あたしは蓮の胸に顔を埋(うず)める。

　その行動に、大した意味はない。

　ただ、周囲の視線から少しでいいから逃れたかった。

　なんだか、今日のあたしは弱い。

『あたしを見てくれる人なんて、ほんの少ししかいないってことよ』

　そんなこと、当たり前なのに。

　わかりきってることなのに。

　なんで、光にそんなことを口走ったのか、わからない。

　ただ、息苦しくて、苦しくて……。

　これがどんな感情なのかすら、あたしにはわからないんだ。

　蓮に抱えられたまま外に出れば、正門の前にはついさっき乗っていたムダに高そうな黒い車。

　そのままの体勢で車の中に入ると、いつもの運転席にいる和也さんに「また会ったね」と、嫌味とも取れる言葉をいただいた。

　目の前には、蓮のほどよく筋肉のついた胸板。

　トクントクンと規則性のある音が耳に届く。

　なんか、安心する……。

「蓮」

「ん？」

「どこ行くの？」

「病院」
　病院……あぁ、足怪我したから診（み）てもらうのか……。
　べつに、放っておいても平気なのに。
「行かなくていいよ」
「よくねぇ」
「でも……」
「いいから黙ってろ」
　言葉を遮られると同時に、あげようとした頭を押さえられる。
　それに抗（あらが）うこともせずに力を抜けば、クシャリと頭をなでられた。
　増した安心感に、閉じていくまぶた。
　最後に見えたのは、フッと笑ってあたしを見ている蓮だった。

虚構（きょこう）

【鷹樹side】

なん、ななな、なんだよ、これ!!

俺のいる助手席のうしろから漂う甘い雰囲気。

蓮の腕の中で眠る真梨と、その頭をなでる蓮。

あ、ああ、甘ったるすぎる……!!

蓮！

顔ゆるませてんなよ！

シャキッとしろや!!

真梨！

安心して寝てんじゃねぇ！

そこにいるのは、一歩まちがえればオオカミだぞ!!

つーか、真梨は俺がいることに気づいているのかさえ疑問だ。

ふぅ、と息をつきながら、バックミラーでふたりを盗（ぬす）み見る。

あ、ああああ……。

ちゅ……ちゅちゅちゅ、チュウした!!

間抜けにも口がパクパクと開いてしまう俺。

そっと唇を離して真梨を見つめる蓮は、とてもおだやかで優しい顔をしている。

本当に、真梨と出会ってからのたった数日で蓮は変わった。

小さな頃から一緒にいる俺たち。

よく言えば幼なじみ、悪く言えば腐れ縁。

そんな関係の俺ですら、はじめて見る蓮の表情。

よく笑うし、なによりこんなに優しい。

今まで女に対してこんな態度を取ったことなんかないし、真梨のことを相当気に入っている……いや、特別な存在だということは、俺から見ればよくわかる。

女を性欲処理の道具としてしか見てなかった蓮が、こんな瞳をしている。

真梨が蓮を変えたんだ。

それだけで、俺は真梨を認めることができる。

ただの単純バカだって言われてもいい。

それが、俺にできることだから。

「う、ん……」

真梨の寝苦しそうな声が車内に響いて、思わず顔をうつむける。

普段の声とはちがう、くぐもった声。

それがまた色っぽくて、俺の顔をまっ赤に染める。

ああああああ……。

んな、なんなな、なんだ、あの色っぽい声!!

けれどそんな思考は、漂いはじめたどす黒いオーラに止められる。

もちろん、かもしだしている張本人は蓮だ。

この声を聞いていた俺と和也に対してだろうそれは、俺の肝を冷やしていく。

「おい」

「どうかしました？」
ついに発せられた蓮の声に反応したのは、和也だった。
「いや……」
本当にコイツはつかみどころがない。
真梨の声も聞いていただろうに、なんともない様子。
俺たちには聞こえていないと判断したのか、だんだん消えていく蓮の黒いオーラ。
助かった……。
和也に感謝だな。
俺はよく、こう言われる。
意外と純情キャラだよね、と。
まぁ、否定はしない。
べつに彼女がいたことがないわけでもないし、そういう経験がないわけでもない。
ただ、なんか……はずかしくない!?
彼女でもない子とそういうことをする趣味（しゅみ）はないし、俺の場合、誘われてもテンパっちゃって、あきれたようにそう言われて終わりだ。
まぁ、真梨の裸（はだか）にバスタオル姿はヤバかったかな。
鼻血まで出るとは思わなかったけど。
あれはさすがに、ね。
……って、こんなだからムッツリとか言われるんだよ。
あーもう!!
そのとき、目の前に姿を現しはじめた病院を見て、うしろを振り返る。

　真梨は相変わらず蓮の腕の中で眠っている。
「蓮、もう着くから真梨、起こせば？」
「あぁ」
　そう言うと、真梨の背中を軽くたたきはじめる。
　どうやら起こしているらしい。
「真梨、真梨。おい起きろ」
「んぅ――……もぉちょっと……」
　寝起きだからか、舌足らずに言葉を紡ぎながら、蓮にすりよる真梨。
　……猫みたいに見えるのは俺だけだろうか。
「真梨」
「ん」
「もう病院着くから」
　蓮の言葉を聞いて、目がすっかり開いたらしい真梨。
　自分の状態にも気がついたようで、「あ、ごめん」と言って蓮から離れた。
　車が止まると、蓮は自ら真梨を持ちあげて病院へと向かっていく。
　本当、こんなに必死な蓮は、はじめて見る。
　よっぽど真梨が心配なんだな。
　そんな蓮を、少し駆け足で追いかけた。
　県内有数の、大きな総合病院。
　内科や外科から歯科まで、幅広い分野を網羅（もうら）している。
　真梨を外科に連れていき、俺たちは待合室で待機（たいき）する。
　待合室の椅子に座ったまま、なにを思っているのか、蓮はボーッと外を見つめていた。
「鷹樹」
　聞きなれた声が聞こえて、顔をあげる。
　そこには、白衣(はくい)を着た大人の男……つまり医者が立っている。
　ヘタすると30代にも見えるこの男は、今年でもう50だ。
「親父……」
　椅子(いす)から立ちあがれば、同じ目線。
　隣の蓮も同じように立ちあがって、その男……俺の親父に頭をさげた。
「ちょっといいか？」
　そんな親父に「あぁ」と返して、蓮をチラリと見る。
　俺の行動に気づいたのか、親父は「蓮くんも一緒に」と言ってヘラリと笑った。
　人がいないところへ行こう、と言う親父について歩く。
　俺の親父、郷田健司(けんじ)は、この病院の院長だ。
　俺を含めた４人兄妹の父親であり、祖父からこの病院を継(つ)いだ２代目の院長だ。
　聞くところによると、内科やら外科やら、いろんなところに手を出しているらしい。
　まぁ、普段は内科の医師をやっているけど。
　俺は一応４人兄妹の一番上だが、この病院を継ぐとかいうのは考えたこともないし、言われたこともない。
　親父いわく、「血とかそんなつながりよりも、優秀(ゆうしゅう)な者を置く、それが最優先」だそうだ。

どちらにしろ、まだまだ院長の座を譲る気はないそうだが。
ちなみに今、真梨ちゃんが診察を受けているだろう外科の医師は俺の叔父さんで、副院長をしている。
いつも優しく笑っていて、少し頼りないが、腕はたしかだ。
親父が“応接室”と書かれたプレートのついた扉を開け、中に入る。
中にはふたりがけのソファが向かい合っていて、まん中にはテーブルが置いてある。
一方のソファにドカッと座った親父を見て、俺たちももう一方のソファに腰をおろした。
「…………」
部屋に沈黙が流れる。
その沈黙を先に破ったのは、親父だった。
「あの子……水川真梨さん、っていったよな？」
どうやら親父は、めずらしく蓮自ら連れてきた真梨が気になるらしい。
「あぁ」
「あまりいい噂がないと聞いたが……？」
「そうだな」
なにかと思えば、真梨の噂の話か。
でも、真梨は俺らの年代には有名だが、大人たちにはあまり知られていないはず。
親父がなぜ、それを知ってるんだ？
そんな俺の疑問を読み取ったのか、親父は「怪我で入院してるガキが騒いでたから聞いた」と言った。

「……で、毎日のように男と遊んでるそうだが……それは本当か？」
「本当……のはずだけど」
「ふーん……」
　俺の言葉に、腑に落ちないような表情をする親父。
「なにか引っかかることがあるんですか？」
　眉間にシワを寄せながら言った蓮の言葉。
　意味がわからなかった。
　真梨が“遊んでいる”。それはまぎれもない事実だ。
「いや、引っかかるというか……あの子にそんな体力があるとは思えないんだよな」
　体力があるとは思えない？
「どういうことだよ……？」
　そう言いながらも、顔が引きつっているのが自分でもわかる。
　たしかに、そういう行為をするには体力がいる。
　真梨が噂のとおり、毎日それをしているとしたら、相当な体力があると考えるのが普通だ。
「あの子は、細すぎる。あれだけ細いってことは、成長の過程で十分栄養が与えられなかったのかもしれない……」
　蓮も俺も、言葉を発することができなかった。
　たしかに真梨は細い。
　たぶん、一般的な17歳の女の子の平均体重より、はるかに軽いだろう。
　食べる量だって、本当に少なかった。

女の子だということを差しひいても、だいぶ小食な印象だ。
「毎日できるほど体力があるとは、どう見積もっても考えにくい」
頭を鈍器で殴られたみたいだった。
今まで当然のように事実だと思っていたはずのことが、すべて虚構だったかのような。
きっと、隣にいる蓮も同じだったと思う。
「まぁつまり、俺が言いたいのは、ちゃんとあの子自身を見てやれってことだ。ちゃんと見て、理解してやれ」
ズンッと、親父の言葉が胸にきた。
俺は、いや、俺たちはずっと、水川真梨という人間を誤解していたのかもしれない。
「さて、そろそろ診察も終わるだろ。言いたいことも言ったし……」
「親父」
「あ、そうだ」
俺が呼びとめたのまで無視して、親父は言葉を紡ぐ。
「水川さんのこと……ちゃんと支えてやれよ、お前ら」
ニッと笑って、俺らを交互に見る。
「体力がない分、体調も崩しやすい」
親父の言葉に、こくりとうなずく。
真梨は遊び人。
毎夜毎夜、ヤり放題。
そんな噂話を、きっと誰もが信じている。
俺たちも、ついさっきまで疑いもしなかった。

　だけど、もうきっと、まちがえない。
　水川真梨という人間をしっかり見ていく。
　ちゃんと、ちゃんと。
　真梨を、見ていくんだ。
「まずは毎日３食、しっかり食べさせること。それで……お前らが、そばにいてやれ」
　獅龍にいるヤツらは、多かれ少なかれ、誰もが傷を持っている。
　それをわかっていたから、親父はそう言ったんだと思う。
　ずっと、仲間と支え合ってやってきたことを知っているから。
　今度はお前らが、真梨を支える番だと。
　そう言ったんだと思う。
　先にうなずいたのは、俺だったか蓮だったか、わからない。
　終わりだろう話に、立ちあがる俺たち。
　そんな俺たちを見て、また親父が口を開く。
「蓮くん、言いわすれてたけど、セックスはあまり無理強いしない程度にね」
　……思考が、停止する。
「せ、せせせせ、せっく……」
「まだそんなんじゃないんで、あれですけど、了解です」
　俺がまっ赤に染まるのをにらんで、蓮がそう返事する。
　なん、なんなん、なんでそんなに冷静なんだよ！
　せ、せせせ……っ！
　ああ、言えるわけがない！

は、はは、ハレンチ……!!

「顔がうるせぇ、ムッツリ」

か、顔!?

俺、そんなに顔に出てるか!?

つーか、俺はムッツリじゃねぇ!!

そんな俺の心の叫びも無視なのか、部屋には解散の空気が漂っている。

「じゃ、帰っていいぞ」

「じゃあな、親父」

「ありがとうございました」

親父に向けて頭をさげる蓮。

大切な人ができると、人って変わるんだ、と本当に思う。

親父はそんな蓮にニッコリ笑った。

涙

【真梨side】

「……これ、なに？」

　倉庫の幹部室。

　ソファに囲まれたテーブルには、たくさんの料理。

　見てるだけでお腹がいっぱいになりそうなほどの量だ。

　ちなみに病院では全治１、２週間の捻挫だと言われ、しばらくは運動を控えるように、とのこと。

　病院から倉庫に戻り、シャワーやらなんやらで時間を潰して今は午後６時。

「なにって、夕飯だけど」

　へぇ、とタカの言葉に声を漏らす。

　夕飯……にしては量が多い気がするけど、きっとコイツらで食べきってしまうのだろう。

「今から食べるの？」

「あぁ」

　蓮の返事に、料理へと視線を巡らす。

　多すぎる量に、自然と眉間にシワが寄る。

「真梨？」

　早く座れよ、と言うようにあたしの名を発する大河。

　床に座っている隼は待ちきれないようで、早々と箸を手に持ってスタンバイしている。

　というか、あたしも食べるのか。

でも……。

「ごめん、あんまり食欲ないし、いらない」

食べる気分じゃない。

「は……？」

漏れたタカの声と同時に、その場が凍りつく。

もう５月だというのに、空気が冷たい。

「いらないって……お前、わかってんのか!?　朝からなんも食ってねぇんだぞ!?」

タカの声だけが部屋に響く。

そんなに怒鳴らなくても、ちゃんと聞こえてるのに。

ていうか、あたし……。

「朝からなにも食べてなかったんだ……」

今までずっとお腹が空いたら食べる、みたいな生活だったから、あまり気にならなかった。

そんなあたしにあきれたのか、タカは口を開かない。

「もういい？」

そう言ったあたしに反応したのは蓮だった。

「待て、真梨」

「なに？」

「ちょっとでもいいから食えよ」

「だから食欲ないって……うわっ」

色気のない叫びとともに体が揺れる。

「はいはい、とりあえず座ろうか」

うしろからあたしの腕をつかんだ颯が、３人がけソファの方に引っぱる。

捻挫のせいでバランスの取りにくい体は、いとも簡単にやわらかいソファに沈む。

「ちょっ……」

「なぁ、もう食っていい!?　これ以上、待てないんだけど!!」

「はいはい、さっさと食べな」

反抗しようとしたあたしの声を遮った隼は、タカの言葉を聞くと、弾んだ声で「いただきます」と、料理に手を伸ばした。

勢いよく口に料理を放りこんでいく隼を、呆然と見つめる。

ときどき「うまっ」とつぶやきながら、本当においしそうに食べている。

そんなあたしに、差しだされた物。

「ん」

蓮から差しだされたそれは、ピンクと黒で彩（いろど）られたお箸だった。

「これ……」

なんで、割り箸じゃないの？

たしかに蓮たちは自分専用のお箸を持っているけれど、あたしはお箸は買ってもらってない。

昨日のお昼のお弁当のときも割り箸だったし。

そんなあたしの問いがわかっていたかのように、颯は口を開く。

「買ってきたんだよ。ここに住むんだったら必要でしょ？」

「真梨たちが病院行ってる間に買ってきてやったんだからなー」

ニヤニヤ笑う大河に、本当なのかと隼を見る。
すると隼は、食事を運んでいた手を止めて、顔をあげる。
最初はあたしを見ていなかった瞳が、ニコッと笑う。
でも……あれ？
なんだろう……違和感がある。
どう言えばいいのかわからない。
だけど、言葉にするならば。
きっと、あたしと同じような笑顔だった。
「真梨？」
問いかけるタカの声に、ハッと頭を切りかえる。
周りを見れば、みんなあたしを見ている。
その視線だけでは、みんながなにを思っているのかはわからない。
もちろん、隼がなにを思っているのかも。
でも、このお箸をくれたってことは、あたしがここに住むことはみんな認めたってことなんだろう。
「ありが、と……」
ポツリ、つぶやきながらお箸を受けとると、蓮がニヤッと口角をつりあげた。
お箸を受けとってしまえば、さすがに食べないわけにはいかない。
少しだけ、と目の前に置かれた味噌汁（みそしる）を手に取って口へ運ぶ。
温かい味噌の味が口の中に広がると、なんだかホッとした。
「おいしい……」

自然とゆるんでいくあたしの頬を見て、タカは豪快に歯を見せて笑う。
「そりゃよかった。作ったかいがあったな」
作った……？
それって……。
「これ、タカが作ったの？」
「あぁ」
「本当に？」
「本当だ」
「うそぉ」
「うそじゃねぇし」
あらためて、目の前に並んだ料理を見る。
昨日食べたお弁当もおいしかったけれど、これを全部、タカが作ったなんて。
量だって多いし、お弁当とちがってできたてだからか、余計においしそう。
本当なら、あたしよりうまいかもしれない。
ひとり暮らしだったから料理はある程度できるけれど、人並みでしかない。
もうひと口、味噌汁を口に運ぶ。
……おいしい。
だんだん目の前が霞んで見える。
「真梨？」
「おい、しい……」
こぼれた言葉とともに、なにか温かいものが頬を伝った。

そういえば、知ってる人が作ったできたてのご飯を食べるのは、はじめてかもしれない。

母親に作ってもらった記憶なんてないし。

小さい頃は、勝手にそこにあるものを食べてた記憶があるくらいだし。

「本当においしい……」

夢中で料理に箸を伸ばす。

その間も、涙は止まらない。

「こんなにおいしいもの、食べたのはじめて……っ」

目の前がクリアになっては、また霞んでいく。

「ごちそうさまでした」

そう言う頃には、隼が隣であたしの頭をなでてくれていた。

なんだか隼の瞳が優しくなったような気がする。

きっと、食べた量はほんの少し。

でも、みんなの視線が温かくて、なんだかくすぐったくなった。

「真梨」

低く、でも優しい蓮の声に、涙が止まらないままの目をさまよわせる。

蓮だろう影があたしのそばに来る気配がして、それへと視線を定めれば、ふわりと持ちあげられた。

それと同時に、隼の手はあたしの頭から離れた。

「れ、ん……」

そう呼べば、隼と同じように頭をなでられる。

「……っ」

向けられた蓮の瞳は優しくて、思わず息が詰まった。

そのまま総長室に連れていかれ、ベッドに優しくおろされる。

そのことになんだかくすぐったくなって、顔をうつむけた。

「寝てろ」

そう言われると同時に、布団(ふとん)をかぶせられる。

蓮にまた頭をなでられて目が合えば、蓮のおだやかな笑顔に、大きく胸が鳴る。

ドクドクと心臓の音が体に響いて、顔も少し熱い気がする。

「おやすみ」

蓮が出ていく扉の音を聞きながら、目を閉じた。

……高鳴った胸は、静まることを知らない。

弱み

【隼side】

　タカから颯宛に届いた、１通のメール。

　蓮たちが病院に行ってしばらくたってから来たそれには、タカの親父さんから聞いたらしい話が大まかに書かれていた。

　買い物に行っていた大河と颯が倉庫に帰ってきて、それを見せられた。

「……っ」

　読んだ瞬間、昔を思い出して吐きそうになる。

“体力がない”

“細すぎる”

　そのワードに、体が震えるのがわかる。

　振りおろされる拳は、俺の心を蝕んでいく。

　腹が減ったという感覚すらなくて、言葉にするなら“無気力”な日々。

　母さん、と名を呼ぶことすらできずに、周りのものすべてに顔を背けていた。

　そんな日々が、真梨にもあったのだろうか。

　俺はあの日、たしかに真梨が俺たちの姫になることを許した。

　だけど、ただそれだけ。

　女嫌いの俺の中でも、最も嫌いな部類である真梨。

それは今も、なにひとつ変わってない。

変わってない、はずだったのに……。

ハデで、遊んでて、甘い声で。

そんなイメージは、ほんの数日で崩れさった。

風呂あがりでも普段と変わらないハデな顔立ちは、常にスッピンであることを教えてくれて。

遊んでいることはあきらかなのに、ときどき見せる儚げな表情は人の心を奪っていく。

かぶっている皮さえはがせば、間延びしない普通の口調。

それなのに色気を含んだ声は甘く聞こえる。

これが、あの……水川真梨。

噂どおりなのに噂どおりでない真梨は、俺を動揺させるには十分だった。

でもそれを認めたくなかったし、そう思っていることも誰にも知られたくなかった。

だから、真梨なんてどうでもいいかのように振るまっていたけど、真梨はすべてわかっているのだろうか。

そんなことわかるはずないのに、わかっているような気がしてくる。

だって、俺の弱みにつけこんでいるとしか思えない。

俺の過去と真梨の過去が似ているようににおわせることで、俺の弱みにつけこんで同情させ、自分を認めさせようとしているんじゃないか。

そんな気さえする。

たぶん、今の真梨をもっとひどくしたら、昔の俺みたいになる。
“栄養失調”だった頃の俺に。
……それは、いわゆる栄養不足。
食事をとっていたとしても、栄養がきちんととれていなければ、なりうる。
それは、いろんなところに影響を及(およ)ぼす。
俺は母親も父親も背が高いのに、身長が思うように伸びなかった。
もちろん、細すぎるくらいに細くなる場合だってある。
たしかに真梨は、細かった。
死にそうなほど細いわけじゃない。
でも、普通の人よりは何倍も細いと思う。
腕なんて今にも折れそうだし、太ももは多少肉がついてるみたいだったけど、それでも細い。
ウエストだって細すぎるし。
真梨の噂が立ちはじめたのは、たしか今から3、4年前。
噂では知っていたけど、その頃の真梨に遭遇したことはない。
だけど、その頃も今くらい細かったとすると、男と毎日のようにそういうことをする体力は、やっぱりないはず。
どこまでが嘘で、どこまでが本当なのかわからない。
昨日、真梨が男と遊びにいったのは、たしかに事実。
だけど、そういう行為はできないのだとすると……真梨は、男と関係は持たずに、ただ遊んでいるということになる。
「そういえば、真梨の保険証とかないけど大丈夫なのかよ？」
「そんなの大河が心配することじゃないでしょ。タカの親父さんがなんとかしてくれるって」
大河も颯も、俺の心境がわかっているはずなのに、どうでもいい会話を繰り返している。
あぁ、もうこのスマホ折ってもいいかな。
このメールごと、折ってやりたい。
だって、このメールには、真梨に少なからず俺と同じ経験があることが示されている。
あの、地獄にも似たようなものを、真梨も見たのだろうか。
いや、見てきたからこそ、今の真梨がいるのかもしれない。
そして、その事実に気づいているのは、きっと俺だけ。
どくんと胸が鳴り、苦しくなって現実から目をそらしたくなる。
だって、嫌いなはずの女が、今はただの小さな女の子にしか見えないのだから……。
──ガチャリ。
音がして幹部室の扉が開く。
「ただいまー」
そんなタカの声が響いたとき、俺はめずらしく動揺した。
タカたちと一緒にいるであろう真梨の気配を感じたけれど、一度も真梨を見ることはできなかった。
パタンと総長室の扉が開く音が聞こえて、顔をあげる。
「真梨なら風呂だ」
目が合った蓮にそう言われ、頭を乱暴になでられる。

でも、それは優しくて……今の俺の心境がわかっているかのようだった。

「蓮……」

「シケたツラしてんな。いつもどおりにしてろ」

ニッと笑って言う連に、小さくうなずく。

そうだ、動揺すんな。

いつもどおり、笑え。

少し頬をゆるめれば、蓮は俺の頭から手を離して、総長用のソファへと腰かけた。

少しの沈黙。

「……で、あのメール、なに？」

その沈黙を破ったのは颯だった。

タカから颯に送られてきたメールには、続けて真梨の噂は真実ではない可能性が高いことが書かれていた。

体力のない真梨が、そういう行為をしている風には考えにくい、と。

でも、颯が聞きたいのは、メール内容の詳しい話じゃなくて、それを聞いてこれからどうするのか、だろう。

ここにいるヤツは全員、それがわかっている。

そして、それに答えるのは、もちろん蓮だ。

「とりあえず、健司さんに言われたとおり、真梨に３食ちゃんと食べさせようと思ってる」

「そう簡単に食うか？」

反発するように大河が口を開く。

「食わねぇと思うから、真梨専用の箸を買いにいかせたんだろ」
「箸って……たしかに買いにいったけど、なんでそれが食うことにつながるんだよ？」
　大河の言葉に、蓮があざ笑うように答える。
「真梨の性格上、食うだろ。アイツは誰かに自分を求めてほしい……居場所が欲しいだけなんだから」
　蓮の言葉に、全員なにも言えなくなった。
　たしかに真梨は、自分を求めてほしいのかもしれない。
　俺が自分の存在を認めてほしかったように、真梨も自分を求めてほしいのかもしれない。
「よしっ、夕飯でも作るか。隼、手伝って」
　タカに言われ、俺は小さくうなずいていた。

　それから、つまみ食いをしにきた大河と様子を見にきた颯も巻きこんで、たくさんの料理を作った。
　と言っても、ほぼ全部タカが作りあげ、俺はそれをテーブルに並べただけだけど。
　それにしても……お腹、空いた。
「なぁ蓮、まだ食べちゃダメ？」
「ダメだ」
　蓮はいつも、みんな揃(そろ)ってからじゃないと食べたがらない。
　それはわかっているけれど、聞いてしまう。
　だって、お腹が空くんだから仕方ない。
　自分の箸を口にくわえて、まだかまだかと待っていると、そうっと総長室の扉が開いた。

「……これ、なに？」
　そう問いかけた真梨はお風呂に入ったみたいで、髪はハニーブラウン。
　ブルーの瞳をパチパチさせている。
　怪我をした足が痛むのか、ひょこひょこ歩いている。
　俺より小さい真梨は、やっぱりなんだか儚い。
　そして、昨日とちがってジャージ姿なことに少し安堵(あんど)した。
　露出(ろしゅつ)の多い格好で来られたら、男の俺たちにとってはたまったもんじゃない。
「なにって、夕飯だけど」
　タカが答えれば、真梨はへぇ、と声を漏らす。
「今から食べるの？」
「あぁ」
　真梨の問いに蓮が返事をすると、真梨はテーブルに置かれた料理へと視線を向ける。
　数秒それを見つめると、なにが気にくわないのか、眉間にシワを寄せた。
　なにが……なんて、だいたいわかるけど。
　どうせ、量が多すぎるとか、そんなことを考えているに決まっている。
「真梨？」
　大河が立ったままの真梨に声をかける。
　つーか……お腹空いて死にそう。
　手に持った箸が、まだかまだかと待っている。
「ごめん、あんまり食欲ないし、いらない」

真梨のその言葉に、大きく胸が音を立てた。

「は……？」

タカの低くなった声とともに、その場が凍りつく。

「いらないって……お前、わかってんのか!?　朝からなんも食ってねぇんだぞ!?」

タカの声だけが部屋に響く。

まるで、あの日を見てるみたいだった。

当時の総長に獅龍に連れてこられたあの日、“食べたくない”と言った俺に怒った、タカを見てるみたいだった。

叱ってくれる人も怒ってくれる人もいなかった俺には、救世主(きゅうせいしゅ)に見えた。

あの日俺ははじめて、ここで生きていきたいと思ったんだ。

「朝からなにも食べてなかったんだ……」

なんとも思ってないように、ふとそう言った真梨に、誰も口を開かない。

まるで真梨にはタカの言葉が届いていないみたいだ。

「もういい？」

戻っていい？とでも言うように軽く言った真梨に、俺の鼓動(こどう)は速くなる。

好きとか、そんなんじゃなくて。

もっと別の感情が、俺を支配する。

「待て、真梨」

今にも部屋を出ていきそうな真梨を止めたのは、蓮だった。

「ちょっとでもいいから食えよ」

「なぁ、もう食っていい!?　これ以上、待てないんだけど!!」

真梨の声を遮ってそう言うと、俺は料理へと手を伸ばした。
勢いよく口に料理を放りこんでいく。
ん、この唐揚(からあ)げ、うまっ！
このサラダもまあまあかな。
どんどん口に料理を運ぶ。
なんだか視線を感じるけど、気にしない。
どうせ真梨だろうから。
「ん」
蓮の声に視線を向ければ、蓮が真梨に箸を差しだしている。
「これ……」
困惑したような声を出す真梨に、少し笑いそうになる。
まるで、昔の自分を見ているようだ、と。
俺のときもみんなは、こうしてお箸を差しだしてきたっけ。
「買ってきたんだよ。ここに住むんだったら必要でしょ？」
「真梨たちが病院行ってる間に買ってきてやったんだからなー」
ニヤニヤ笑う大河を見て、本当なのかと聞くように、真梨は俺を見る。
そんな真梨の目を見て、俺はニコッと微笑んだ。
まるで、あの日の自分に微笑むかのように。
真梨はなにを考えているのか、呆然と俺を見ている。
「真梨？」
タカの声にハッとしたように、周りを見渡しはじめる真梨。
視線を蓮に定めると、とまどい気味にそっと、箸へと手を伸ばした。

「ありが、と……」

　小さな声でつぶやきながらお箸を手にし、味噌汁を口に運ぶ真梨を見て、蓮は口角を吊りあげる。

　タカの味噌汁は、絶品だ。

　真梨もきっと、気に入る。

「おいしい……」

　思ったとおり、そう言った真梨の頬は自然とゆるむ。

　それを見て、タカはうれしそうに歯を見せて笑った。

「そりゃよかった。作ったかいがあったな」

　それを聞いて、真梨が目を丸くする。

「これ、タカが作ったの？」

「あぁ」

「本当に？」

　信じられない、というように目を白黒させる真梨。

　一応、俺も大河も、颯も手伝った、なんて言ったら、もっとびっくりするんだろうな。

　面倒くさいから、言わないけれど。

　真梨がもうひと口、味噌汁を口に運んだとき、俺は目を疑った。

　真梨の瞳が、潤んでいたから。

「真梨？」

「おい、しい……」

　溜まりきった涙が真梨の頬を伝っていく様子から、目が離せなかった。

「本当においしい……」

涙を流したまま、真梨は箸を伸ばす。

「こんなにおいしいもの、食べたのはじめて……っ」

そう言ったのを聞いて、やっぱり、と心の中でつぶやく。

やっぱり、真梨はさびしかったんだ。

誰かに甘えたかったんだ。

俺はいつの間にか、真梨の横に座っていた。

自分でも、どうしてそんなことをしたのか、わからない。

同情かもしれない。

同士だということへの安心感かもしれない。

でも、そんな真梨を、少しは認めてやってもいいかな……なんて思った。

「ごちそうさまでした」

真梨がそう言う頃には、俺の手は自然と真梨の頭をなでていた。

* six *

幸と不幸

【真梨side】

　次の日の朝、目が覚めたとき、目の前には蓮がいた。

　厚い胸板にあたしを閉じこめるように伸びた腕は、あたしの腰へと回っていて。

　どくどくと、心臓がふたたび大きく音をあげはじめる。

　なんなの、これ……。

　昨日から、あたしの心はおかしい。

　大河や颯、隼にタカ……光や虎太郎……みんなの行動が、うれしく感じたり……かと思ったら、苦しかったり嫌だったり。

　そして、蓮の行動すべてが、あたしの心の中に入りこんでくる。

　心の浮き沈みが激しいとでもいうのだろうか。

　このままじゃきっと……あたしは、あたしではなくなってしまう。

　蓮が、みんなが眩(まぶ)しくて、温かくて……自分が変わってしまいそうで、怖い……。

　誰かのぬくもりなんて必要なかったのに、ずっとひとりでよかったのに、こうやって安心してしまっている自分が怖い。

　蓮は寝ているのだろう、あたしが動いてもなんの反応も示さない。

絡みついた腕を無理やりほどこうとすると、案外すんなりと離れた。
すると、蓮の綺麗な顔が目に入る。
ほどよく焼けた肌。
閉じられたまぶたからは長いまつ毛の影が落ち、薄い唇がほんの少しだけ開いている。
なんか、色気放出してるし……ムカつく。
こんな無防備な姿、見せないでよ。
こんな姿見たら……心臓がもっと騒ぎだす。
……って、あたし、ホントおかしい。
戻さなきゃ。
いつもみたいに、戻さなきゃ。
……出よう、この部屋から。
この部屋から出ればきっと、楽になる。
スマホを見れば、時刻は７時。
ずいぶん早く起きたらしい。
きっとまだ、みんな起きていない。
てことは、まだ準備しなくても大丈夫だよね？
うん、だるいし顔だけ洗って総長室を出よう。

顔を洗って部屋から出ると、思ったとおり、出た先の幹部室には誰もいなかった。
ひとりでここにいるというのもなんだか嫌で、あたしはこの部屋からも出た。
階段をおりると、そこには異様な光景があった。

きっとあたしは、幻覚(げんかく)でも見てるんだと思う。
うん、きっとそうだ。
これは幻覚だ。
だって、ありえない……。
獅龍のメンバーである厳ついヤンキーたちが、ほうきや雑巾(ぞうきん)を持って倉庫内を掃除(そうじ)してるなんて……‼
「おい、なにしてるんだ？」
いきなりうしろから話しかけられて、ビクッと肩があがる。
「あんた誰？　どこから入ってきたんだ？」
この声は、誰だっけ？
聞いたことあるような気がするんだけど……。
相手は、あたしが水川真梨だとは気づいていないみたい。
今の格好がジャージってところで、あたしだと気づいてくれてもいいと思うけど……。
まぁ、当たり前か。
あたしは今、獅龍では蓮たちにしか見せたことのない、ハニーブラウンの髪なんだから……。
きっと幹部以外の人たちは、あたしの本当の髪色は普通に黒だとでも思ってるんだろう。
でも、ちがう……あたしは、あたしの髪は、黒じゃない。
みんなと……ちがうんだ。
振り向けば、そこにいたのは虎太郎。
「なんだ……虎太郎か」
「え、水川真梨⁉」
びっくりしたような声を出して、目を見開いている。

そんなにめずらしいのだろうか。

いや、きっと虎太郎が驚いているのは、髪だけじゃない。

瞳が青いこともだろう。

「そんなに驚く？」

「いや、だって……髪……瞳の色も……」

虎太郎の遠慮がちな声に、小さく笑いが漏れる。

「気味悪いでしょ」

「いや……もしかして、ハーフ？」

「さあ。母親は日本人だけどね」

父親なんて、知らない。

虎太郎もそれに感づいたのだろう。

それ以上、聞いてくることはない。

「なあ、ちょっと話さない？」

「え？」

「決まりな」

あたしの答えも聞かずにそう言った虎太郎は、あたしの腕をつかんで歩いていく。

だけど、あたしの怪我をいたわってなのか、妙にゆっくりだ。

そんなあたしと虎太郎の様子に気づいたらしい周りのヤツらは、なにが起きたのかとでも言うようにこっちを見つめていた。

虎太郎に連れられて入ったのは、ひとつの部屋。

ふたりがけのソファがふたつ、ガラステーブルを挟むように置かれており、部屋の隅(すみ)にはコーヒーメーカーや小さな冷蔵庫がある。

「こんな部屋もあるんだ……」

「接待室だよ。幹部室に入れないような客は、たいていここに通される。普段は俺や光たちが使ってるんだけど」

ひとつのソファに座らされ、虎太郎はその向かいに座る。

幹部室には入れないような客、か。

あたしはなんで、最初から幹部室に通されたんだろう。

幹部の彼女でも、なんでもない。

今はまるで蓮の女のような扱いを受けてはいるけれど、あのときのあたしはそんな立場にはなかったし、今だってそれを認めたわけじゃない。

なんとなく虎太郎が思っていることがわかって、薄く笑う。

「なんであたしは、ここに通されなかったか……ね」

「わかるのか？」

虎太郎の質問に、目を細める。

「さあ、知らない。蓮たちの心なんてわからない。……それより」

これ以上この話をしてもムダな気がして、話を切りかえにかかった。

「なんでここに連れてきたの？」

「話してみたかったから」

続けて、虎太郎は「これは俺の独(ひと)り言だから」と言って、話しはじめた。

あたしが男と遊ぶようになったのは、中学３年の頃。

虎太郎が話しはじめたのは、そんな中学3年の頃の話だった。

その頃にはあたしの噂はそこら中で飛びかっていて、“遊び人”のレッテルを貼られ、“誰とでも寝る女”だとささやかれていた。

当時、虎太郎は光ともうひとり、幼なじみの女の子と夜の繁華街を出入りするようになっていたらしい。

そして、その女の子が、光があたしをあんなに嫌う原因になった。

女の子の彼氏をあたしが取るような形になって、フラれたらしい。

あたしにはまったく身に覚えがないことだけれど、遊び相手の男に彼女がいたとしてもおかしくはない。

一時の遊びでフッたことには驚きだけれど、男にとってはその程度の想いだったんだろう。

結局そのことに光は怒って、荒(あ)れて、あたしを憎むようになったみたいだ。

そこで虎太郎は話すことをやめて、どこか遠くを見るように視線をそらした。

「……ちょっと、虎太郎？」

「……あ、ああ……ごめん」

ハッとしたようにこちらを見た虎太郎に、首を傾げる。

瞳を見つめていると、虎太郎の気持ちが気になって口を開いた。

「虎太郎は？」
「え？」
「光の気持ちはわかったけどさ、虎太郎はどう思ってるの？あたしのこと」
　虎太郎は迷ったように視線をさまよわせる。
　しばらくして、なにかを決心したようにあたしに視線を戻した。
「そう、だな……俺がこの話をしたのはさ、ただ光は思っていることがあるからあんな態度を取っていて、それを少しでも水川真梨にわかってほしかっただけで。俺は……」
　ゴクリ、息をのむ音が聞こえた。
「俺は、光が言うほど水川真梨が悪いヤツだとは思ってない」
　その言葉に驚いて、虎太郎から目を離せない。
「俺、水川真梨のこと、どうこう言うほど知らないし」
　そんなことを言う人には今まで出会ったことがなかった。
　大人は他人の評価や見かけばかり信じて、あたし自身を信じてくれない。
　そう思えば虎太郎の言っていることがまるで子どものように思えて、すぐに笑みが浮かんだ。
「虎太郎、子どもみたいだってよく言われない？」
「なんだそれ。言われたことないけど」
　笑われたことが気にくわないのか、ブスッとふてくされている虎太郎は、やっぱり子どものように見える。
「でも、そんなこと言ってくれたの、虎太郎がはじめてだよ」
　今まで言われてきたことを思い出して、切なくなって視線を下にそらす。
　虎太郎になら、少しは話してもいいかもしれないって思えた。
「みんな、大人になればなるほど人を信じなくなる。どんなに否定しても、誰も信じてくれない。おかしな噂は信じるのにね？」
　ずっと、どうして信じてくれないんだって叫んでた。
　あたしが遊んでいる、と噂になりはじめた中学１年の頃。
　はじめてを失った当時のあたしは、何度も何度もその噂を否定した。
　その行為そのものに虫唾が走ったし、男という生き物とそんな噂になることが耐えられなかった。
　だけど、誰もあたしの言葉を信じてはくれなくて、いつの間にかあたしは、体の関係はないものの、その噂どおりに男と遊ぶようになっていた。
　くだらない復讐なんかのために。
「あたしだって……好きでこうなったわけじゃないのになぁ」
　自嘲的な笑いがこみあげてくる。
「誰が好きこのんで男と関係なんか持つかっつーの」
「…………」
「なんでこの世の中は嘘ばっかなんだろうね」
「……たしかに、この世の中は嘘ばっかだな」
　視線をあげると、目が合う。

聞こえてきた虎太郎の言葉に、また笑って視線をそらした。
「だとしたら、あたしもこの世の中の嘘のひとつなのかな」
「水川真梨……？」
小さくあたしを呼ぶ声が聞こえて、あたしはもうこの話は終わりだ、というように顔をあげて自然に笑いかける。
「その“水川真梨”っての、やめない？」
「え？」
「長いし、面倒くさいじゃん。真梨でいいよ、真梨で」
本音だった。
虎太郎も光も、自分の思いを持っている。
虎太郎と話して、ちゃんとそれを受け入れようと思えた。
「ちょ、水川真梨、正気？」
「あー、またフルネームで呼んだ～」
ふふっと茶化すように笑う。
「ほら、呼んでみてよ。“真梨”って」
「えと……ま、真梨？」
「そうそう！　じゃ、これからフルネームで呼んだら罰ゲームね」
「え」
困ったように眉をさげる虎太郎を無視して、ソファから立ちあがる。
「罰ゲーム、なににしようかな」
なんだか楽しくって、そうつぶやきながら部屋を出ようと扉の方へ向かう。
「虎太郎とは、いい友達になれそうな気がする」

部屋を出る前、振り返りながら虎太郎にそう笑いかけた。

「「あ……」」

部屋から出ると、目の前には光が立っていた。

あたしが虎太郎といることに驚いているみたい。

「水川、真梨……」

はじめて見た本当のあたしの姿にも、とまどっているようだ。

「掃除は終わったの？」

「あ、ああ、終わったけど」

「ふうん」

たしかに倉庫内には人はあまりいなくなっていて、残っている人も掃除などはしていない。

さっきのおかしな光景から一変、普段どおりに戻っていた。

光はあたしの本当の色にはたいして興味がないようで、普通に話しだす。

「水川真梨は、なんでここにいんだよ？」

「んー？　虎太郎とちょっと話してただけだよ」

さっきのことを思い出して、自然と笑顔になる。

虎太郎みたいな人もいるんだと、あたしらしくもなく、うれしくなってしまった。

この世界も捨てたもんじゃないな、なんて思ったんだ。

「そーだ」

「あ？」

眉間にシワを寄せる光に、イタズラっぽく微笑む。

「そろそろフルネームで呼ぶのやめない？」
　コイツは嫌がるだろうな、きっと。
「はあ？」
　案の定、意味がわからないといった顔であたしをにらみつけてくる。
「はあ？じゃなくて。ほら、“真梨”って呼んでみなよ」
「おま、バッカじゃねぇの！　だ、誰が呼ぶかっつーの」
「……呼んでくれないんだ」
　こうすれば言うかな、と思って、わざとシュンとしてみせる。
「お、俺はそんなんで呼ばねーからなっ」
　光は少し赤くなった顔でそう言うと、扉の前にいたあたしをどかして、中に入っていく。
「んじゃあ、呼ぶまで口きかないから」
　少し意地になってそう言えば、光は最後に「誰が呼ぶか」とこぼして中に入っていった。
　虎太郎が名前を呼んでくれたとき、思ったよりうれしかったから言ってみたのに。
　まぁ、一番はあわてる光を見てみたかったっていう理由なんだけど。
「そんな顔で言っても説得力ないし」
　笑いの含まれた声は、誰にも届かずに消えていった。

「真梨、行くぞ」
　そう言って歩いていく蓮についていく。

起きてきた蓮は、あたしを抱きしめて寝ていたにもかかわらず、気にするそぶりはない。
起きたとき、あたしはあんなに動揺したのに、ちょっとムカついた。
だけど、文句を言うことなんてできなくて、学校へ行く準備をしたあたしたちはみんなで車へ乗りこんだ。
昨日と同じ場所に座って、ボーッとどこかもわからない場所を見つめていた。
学校に着けば、みんなほぼバラバラに動きだす。
隼はとりあえず自分の教室に行くらしいし、タカと颯は屋上、大河はそこら辺をブラブラするらしい。
蓮はというと、あたしをひとりにするわけにはいかないらしく、隣に突っ立っている。
あたしと蓮以外がいなくなったのを見て、蓮に話しかける。
「ねぇ、あたしらはどこ行くの？」
蓮に目線を向けるけど、蓮はあたしを見はしない。
「蓮？」
「さあ、知らね。真梨が決めろよ」
なにそれ、と少し笑う。
「んじゃあ……静かなところ、行きたいな」
静かな、誰もいないところに行きたい。
本当はひとりになりたい……なんて、蓮はきっとダメだって言うんだろうな。
昨日のこともあるしね。
「この学校に静かなところとかあんのかよ？」

……たしかに、ないかもしれない。

屋上には獅龍、保健室はもはや情事室になってるし、教室なんてもってのほか。

もしかしたら、職員室が一番静かなんじゃないか……なんて思わないこともない。

「さあ……ないかもね」

「じゃあ行けねぇだろ」

「べつに、学校じゃなくてもいいじゃん」

外に出れば、静かなところなんて山ほどある。

とくに今は平日のまっ昼間なんだから、どこかのファミレスでもそこまでうるさくはないだろう。

「学校じゃなかったらどこ行くんだよ」

蓮のその言葉に、ニッと笑う。

「公園かなんか近くにないの？」

「あるにはある」

「じゃあ、そこ行こう」

しばらく歩いて着いたのは、学校から少し離れたところにある公園。

普通に歩けば５分たらずで行けそうな距離だけど、あたしが怪我をして歩くのが遅いせいで、10分くらいかかってしまった。

「ここ？」

「ああ。最近は来てなかったんだけどな」

あたしは、この公園にある唯一（ゆいいつ）の遊具、ブランコに乗る。

蓮はその周りにある柵に軽く寄りかかる。

あたしから遠くもなく、近くもない距離。

「ブランコとか、いつぶりだろ。昔はよく乗ってたんだけどな」

「真梨」

大きく地面を蹴って、怪我した足をかばうように小さくブランコを漕いでいると、名前を呼ばれた。

「ん？」

「今日はよく、しゃべるんだな」

「そう、かな」

小さくつぶやくように言って、漕いでいた足を止める。

「べつに、普通でしょ」

そう言いつつ、この数日の中で一番口が動いていることは自覚している。

だって、仕方ないじゃない。

今朝の余韻が、まだ残ってるんだから。

なにか話していないと、照れくさくてまともに蓮の顔を見られない。

「ちょっと、いろいろあっただけだよ」

少し笑うと同時に、足が軽く地面に着く。

意識を足に向けて、怪我したところをかばうように立とうとしたものの、それは近づいてきた蓮によって遮られた。

「真梨」

「な、に……わっ」

目の前に立った蓮がブランコの鎖を軽く揺すって、それを握るあたしの手に力が入る。
「ちょ、なにする……っ」
蓮の整った顔が目の前にあって、身じろぎする。
「キスしてぇ」
「え……」
なに言ってるの……？
そう言うより前に、蓮の大きな手に頭のうしろを支えられたかと思うと、唇が重なっていた。
思わず目を見開く。
挟んで、ついばんで、舐(な)めて、小さく音を鳴らす。
前にされたような荒々しいキスじゃなくて、優しくて、カンちがいしそうになるような、甘い甘いキス。
ただただ、それに酔(よ)いしれて呆然とするしかなくて、心臓だけが狂ったようにどくどくと鳴る。
溶(と)かされるような、そんなキスが嫌じゃなくて、むしろうれしいとさえ感じてしまう。
どうして？
どうしてこんなに、ドキドキするんだろう。
だけど目を閉じようとした瞬間、蓮のうしろに見えた光景に、あたしはいっそう目を見開いた。
「……っ！」
だってそこには、蓮に殴りかかろうと向かってくる男がいたから。
相変わらず蓮は目をつむってあたしに甘いキスを落としていて、その存在に気づいているのかさえ、わからない。

このままじゃ蓮が殴られる……。

どうしよう。

止めなきゃいけないのに、蓮はあたしを離してくれない。

男がすぐ目の前に来て、今にも蓮を殴ろうとしたそのとき。

蓮はあたしの頭を支えている腕とは逆の肘(ひじ)を、うしろに俊敏(しゅんびん)に突きだした。

それはみごとに男の顔面にヒットし、男は軽く吹っとぶ。

目の前の光景に目を疑う。

すごい……!

またもいっそう目を見開くと、目の前の蓮は少し目を開けて唇を離した。

「蓮……」

「なにすんのよ」という言葉は飲みこんで、「気づいてたの？」と言おうとしたけど、それさえも言えなかった。

「目ぇ閉じろよ」

そう言って、また蓮が唇をふさいだから。

でも、目を閉じることはできない。

だって、さっきの男の仲間なのか、また他の男が近づいてきたから。

「ちょ、れ……んっ」

少し抵抗するように口を開けば、その隙間から蓮の舌が入りこんでくる。

一気に強ばるあたしの舌は、蓮のそれに無理やり絡めとられる。

そしてキスをしたまま、殴りかかってきた男を蓮は長い足で蹴りたおす。

　その足がもとの位置に戻るとほぼ同時に、蓮の唇は離れていった。

「あーもう、うぜぇなぁ。お楽しみ中ぐらい黙って見てろ」

　蓮の言葉に、軽く顔がほてるのを感じる。

　お、お楽しみって……アンタねぇ!?

　でも、そんなことを言っている場合ではないのは、あたしでもわかる。

　あたしたちの前には、５、６人の男たち。

　凶器は持っていないけど、目が血走っている。

「お前ら、どこのヤツらだ？」

　相手の男たちをにらんで、蓮はあたしを隠すように背を向けて目の前に立つ。

「はっ！　どこでも一緒だろうよぉ、志摩!!」

　そう言ったひとりの男の言葉に、そういえば蓮の名字は志摩だったかな、なんて考える。

　そんなことを考えている間にも、男たちは殴りかかってきそうだ。

「たしかにそうかもな」

「……余裕そうだな」

「お前らごときで相手になんかなるわけねぇだろ」

　挑発（ちょうはつ）するような蓮の言葉に男たちは血がのぼったのか、「てめぇ!!」と叫んで殴りかかってくる。

「真梨」

　あたしの名前を呼んで、一瞬だけこちらに目を向ける蓮。

「目ぇ閉じとけ」
　目閉じろって、そればっかりだな。
　なんて思いながらも、言われたとおりに目を閉じる。
　閉じていないと、見てはいけない物を見てしまう気がしたから。
　——ボコッ。
「がはっ」
　——ドゴッ。
「げほっ」
　皮膚(ひふ)と皮膚のぶつかる衝撃音と、それによって引きおこされる声。
「や、やめっ……!!」
「そっちから吹っかけたんだろうが」
　——ガンッ。
　いっそう大きな音が聞こえたかと思ったら、生々しい音はもう聞こえなくなっていた。
「蓮……？」
　おそるおそる、目を開ける。
　雰囲気からして、蓮が喧嘩(けんか)に勝ったことはわかるけれど、やっぱりどこか不安だ。
「真梨、まだ目ぇ開けんな！」
　蓮のいつもより強い口調の声が聞こえたけれど、もう遅い。
　あたしはもう、目を開けてしまっていたから。
　そして、絶句した。
　目の前の光景に、状況に、体が強ばるのがわかった。

　口から血を吐く男、腹を押さえてうずくまっている男、腰が抜けたのか、地面に手をついて震えあがっている男、そして、蓮に胸ぐらをつかまれている男。

「真梨……」

　強ばる体に神経を集めて、ブランコから立ちあがる。

「蓮、その手離して……」

　母親に殴られていた毎日を思い出してしまって、とっさに蓮を止めた。

　もしかしたら、声は震えていたかもしれない。

　蓮が、胸ぐらをつかんでいた手を離すと、男は地面に音を立てて落ちた。

「わりぃ」

　心底バツが悪そうに眉を八の字にして言う。

「なにが？」

「……ヘンなモン見せて」

「べつに、大丈夫」

　そう言って笑ったつもりだけど、うまく笑えていたかどうかはわからない。

　正直、見たくはなかったし、今も少し怖い。

　蓮はただ、眉間にシワを寄せただけだった。

「ねぇ」

「なんだよ」

「この男たち……どうするの」

　視線を男たちに向ける。

　唯一意識がしっかりしているだろう腰の抜けている男は、

恐ろしいものを見るような目でこっちを見ている。
「……さあ、どうすっかな」
「さあって、決めてないの？」
「ああ……とりあえず、颯にでも連絡するから」
そう言って、蓮はブランコから離れる。
あたしはここにいろ、ということだろう。
15メートルほど離れたところに立って、蓮は颯に電話しているらしい。
どこかに視線を向けてスマホを耳に当てている蓮は、どこか遠く感じる。
どこに向いているのかわからない目は、あたしの視線をわしづかみにする。
そして、事は起こった。
言い訳をするならば、蓮があたしの心を侵食しはじめたせいだ。
あたしは、気づいていなかったんだ。
うしろから伸びてきた、その手に。
「んぐぅっ!?」
いきなり口にハンカチのような布を押しあてられた。
そのまま何者かに体をしっかりと引きよせられる。
背中ごしに当たったものが筋肉質であることから、あたしを襲ったのは男だとわかる。
ハンカチからは、鼻にツンとくる薬品の匂いがした。
ヤバい……！
「ちょっとおとなしくしてろよ？」

あたしを捕まえている男が耳もとでそうささやいて、背中にゾワゾワと悪寒が走る。

そして、視界が霞んでいくのがわかった。

「真梨っ!!」

蓮のあたしを呼ぶ声が聞こえる。

ただ、もうその姿は見えない。

「おっと、動くなよ。この女が大切ならな」

その言葉が聞こえたのが最後、あたしの意識はどこかへ消えていった。

自覚

【蓮side】

　倉庫の総長室の中。

　ソファにも座らず突っ立っている俺たち５人は、端から見れば滑稽(こっけい)に映るだろう。

「どういうことだよ……っ!?」

　大河の声が、震えている。

　当たり前だと思った。

　俺は真梨を守りきれなかった。

　油断して、真梨が怖がっているからと離れた俺が悪い。

　こうなったのは全部、俺のせいだ。

　真梨になにかあったら……俺は俺を許せない。

　たぶん一生、許せない。

　拳を握りしめれば、手のひらに爪(つめ)が食いこむ。

「おい、蓮！　手開け!!　血っ！　血出るから!!」

　タカの声にハッとして、握りしめていた拳を解けば、食いこんだ爪の痕(あと)から血がうっすらにじんでいる。

　それを見たタカは小さくため息をついた。

「言わんこっちゃない……」

「ほっとけ。舐めときゃ治る」

　あきれたようなタカにそう言って、みんなに向き合う。

　俺は真梨を姫にしたとき、アイツを守ると心に決めた。

　なのに俺は……守りきれなかった。

くやしいし、本当に自分を許せない。
だけど、それでも俺は立ちどまってはいけないと、わかっている。
真梨を助けるんだ……俺の手で。
今度こそ、真梨を守りぬくんだ。
颯、タカ、大河、隼。
それぞれの顔を見てから、口を開く。
「ぶっ潰すぞ」
俺の言葉を聞いて、４人は薄く笑った。
「当たり前」
「おう」
「余裕っしょ」
「当然だね」
颯、タカ、大河、隼の順に声が返ってきて、俺も薄く笑う。
４人と目が合って、本当に俺はコイツらと出会えて、一緒にいられてよかったと思った。
コイツらとなら絶対にやれる、助けられると心から思う。
信頼できる仲間がいるから、俺は安心して真梨を助けにいくことができる。
背中を預けられる仲間がいるから、俺はこうして前だけを見ていられる。
真梨を助けだすことだけを、守ることだけを考えていられるんだ。
敵の目星はついている。
颯にも情報を集めさせたが、ほぼまちがいなく犯人は邪鬼だ。

大丈夫。

俺はひとりじゃない。

俺にはコイツらがいる。

仲間がいる。

だから絶対、大丈夫。

絶対に、真梨を助けられる。

俺たちの手で、助けだしてみせる。

絶対に、邪鬼なんかに負けねぇ。

俺たちの手で、ぶっ潰してやる。

邪鬼、お前らにどんな事情があろうとも。

俺たちに喧嘩を売ったこと、そして真梨をラチったこと。

心底、後悔させてやるよ。

４人を引きつれて、幹部室の扉を開く。

「準備できたか」

そう言って倉庫を見渡せば、いつになく人であふれ返っていて、みんな浮き足だっている。

久しぶりの抗争だ。

体がうずいてしまうのは仕方がない。

「行くぞ!!」

幹部室を出てそう叫べば、もう準備を済ませた仲間たちが雄叫(おたけ)びをあげた。

【真梨side】

硬い？

むしろやわらかい……。

冷たい？

むしろ温かい……。

せまい？

むしろ広い……。

ここ、どこ……？

「ん……っ」

重いまぶたを無理やり開けると、眩しくてチカチカする。

「どこ……？」

周りを見渡せば、白一色で統一されたシンプルな部屋。

壁も天井も一面まっ白で、あたしが寝ているベッドだけがポツンと置いてある。

見たことのない、知らない部屋だった。

記憶をたぐりよせるように頭に手を置き、そのまま髪を梳く。

「え……っ!?」

そして、驚愕した。

だって、まっ黒に染められていたはずのあたしの髪が、ハニーブラウンに戻っていたから。

「なんで……っ!?」

恐怖におおわれて、体が震えだすのがわかる。

ここはきっと獅龍の倉庫じゃない。

獅龍だったら蓮の総長室に寝かされるだろうし、水やお湯でしか取れない、髪染めのスプレーをわざわざ落としたりしないだろう。

　ただし、あたしの体を包んでいる服は、変わらず制服であることに少しホッとした。
「気分はどう？　お姫様」
　うしろから声がして、大げさなくらいに体が揺れる。
　聞いたことのない……少し高めだけど、男だとわかる声。
　振り返れば、物腰のやわらかそうな男が立っていた。
　だけど、それは表情や雰囲気だけで。
　少し垂れている目が、強くあたしを突きさすように見ている。
「そんな顔しないでよ。可愛い顔が台無しだよ？」
　あたしが今、どんな顔をしているというのだろうか。
　強ばった顔？
　怒ってる顔？
　おびえた顔？
　泣きそうな顔？
　いや、きっと今のあたしには、無表情という言葉が一番似合う。
「あんた、誰」
「そういえば、自己紹介がまだだったね」
　機械的に、でも綺麗に笑う男に、背中に悪寒が走るのがわかる。
「俺は星宮(ほしみや)千早(ちはや)。邪鬼の総長だよ」
「邪鬼……？」
　聞いたことのあるような名前に、眉間にシワが寄る。
「ふふ、忘れたの？　ついこの間、繁華街で真梨ちゃんを連れていこうとした男が所属してるところだよ」
　そういえばそういうこともあったな、なんて思うよりも前に、この男……星宮千早に名前を呼ばれたことに鳥肌が立った。
「ちょっと」
「ん？　どうかした？」
「勝手に人の名前呼ばないで」
　なんか、気持ちが悪い。
　コイツがなにを考えてるかもわからないし、なにをしたいのかもわからないし……とにかく、気持ちが悪い。
「え〜、やだよ」
「キモい」
「そんな強がり言っても、体震えちゃってたら意味ないよね」
　目が覚めてから今まで、ずっと止まらない体の震えを指摘されて、体がびくりと揺れる。
「ただの生意気なメス猫かと思ってたけど、可愛いところもあるんだね」
「なっ」
“メス猫”
　その言葉に反論しようとして、あたしの思考は停止した。
　うしろにいたはずの星宮千早の顔が、あたしのすぐ目の前にあったから。
「……っ」
　綺麗な顔に、息をのむ。

気を抜けば、キスでもできそうな距離だ。

生暖かい吐息がかかって、気持ちが悪い。

蓮にされたときはそんなこと思わなかったのに、蓮以外は嫌だと思ってしまっている。

「ふふ、可愛い。固まっちゃって」

そう言って、星宮千早はあたしをベッドに押し倒した。

「ちょっ……！」

「んー、どうしよっかな……ただするっていうのも、ねぇ？」

男にしては細い指が、あたしの頬に触れる。

あたしの体がビクッと揺れるのを見て、星宮千早は楽しそうに笑った。

体が過剰に反応しているのは、わかっている。

ただ、恐怖が煽るんだ。

なんでここにいるのか、理解ができないわけじゃない。

だって、目の前にいる男は邪鬼の総長らしいから。

一見、カッコいいさわやかな優男(やさおとこ)だけれど、にじみでるオーラがそれだけではないことを物語っている。

コイツはたしかに、邪鬼の総長だ。

少なからず、蓮と同じオーラがある。

そして、たしか邪鬼は獅龍と敵対してる族のはず。

あたしは一応、獅龍の“姫”。

きっと……邪鬼に、ラチられたんだ。

「どうしてあげようかな」

「やめてよ」

そう言って、目の前のヤツをにらむ。

でも、星宮千早は余裕そうに笑うだけ。
「そんなににらまれたら、いじめてあげたくなっちゃうよね」
そう言って、いっそう顔を近づけてくる。
「いやっ……っ!!」
とっさに顔をそらしたけど、そのまま星宮千早はあたしの首に舌を這わせた。
恐怖に体がビクッと反応する。
「あれ、もしかしてひさびさ？　志摩とヤッてないの？　それとも、ただ敏感なだけ？」
どっちもちがう、と言ってやりたい。
だけど、星宮千早が今までで一番大きな笑い声をあげたのを見て、あたしはなにも言えなくなった。
「ははっ、最高だね」
「な、にが……」
「だって、このまま真梨ちゃんをめちゃくちゃにしたら、志摩のヤツ、傷つくでしょ～？」
もう楽しくて仕方がない、というように、星宮千早はニヤニヤと笑っている。
綺麗な顔が台無しだ。
「蓮は、傷つかないと思うけど」
あたしは姫という立場にいるだけで、蓮の女でもなんでもないし、そんなことで傷つくとは思えない。
「そんなわけないよ。だって志摩は、まだ真梨ちゃんに手出してないんでしょ？　噂によると、志摩は真梨ちゃんにぞっこんみたいだし……」

　星宮千早の言ってることがわからなくて、はあ？と顔を歪(ゆが)める。
「星宮千早……なに言ってんの？　そんなわけないでしょ」
「あ、俺の名前ちゃんと覚えてくれたんだ？　でも、フルネームっていうのは感心しないなぁ」
　嫌らしく笑いながら、星宮千早はあたしのカーディガンのボタンを外していく。
「ちょっと!!」
「ほら、俺の名前呼んで？」
　ぬるい吐息が首筋にかかって、体が反応する。
　なんでこんな展開になっているのか、いまいちつかめない。
　あたしはラチられたんだろうけど、あたしをラチって意味があるとも思えないし。
　きっとアイツらは、あたしを助けにくる気なんて、さらさらないと思う。
　なんてったって、あたしはあの水川真梨だし、“姫”だとみんなに認められたわけでもない。
　助けにきたとしても、それはほんの少人数だろうし、勝ち目もないと思う。
　カーディガンのボタンをすべて外されたところで、さすがにヤバいと思って抵抗したけれど、あたしの両手は簡単に捕まえられてしまった。
「そんなんで逃がすわけないじゃん」
「じゃあ、やめてよっ」
「無理。あ、わかってると思うけど、ここ邪鬼の溜まり場だから。この部屋を抜けられたとしても、すぐ捕まるよ？」
「……っ」
　星宮千早の言葉で、体に入った力を抜いた。
　もうどうでもいいや、と。
　この数日にあったことなんて忘れればいい。
　虎太郎に言ってもらえたことなんて、忘れればいい。
　あたしはしょせん、“水川真梨”でしかないのだから。
「なら……する？　気持ちよくなろうか」
　薄ら笑いを浮かべて、星宮千早に顔を近づける。
　男と体の関係を持つのは気持ち悪いし嫌だけど、こうやってキャラを作ってでも下手に出ていた方が、あとから逃げられる可能性が出てくるはず。
「でも……」
　そのまま、軽くキスをした。
「優しく、してね……？」
　甘えたように言うと……。
「ふふ、ホントに聞いたとおりだね」
「え……？」
「でも、それじゃつまらないでしょ？」
　――ブチッ。
　星宮千早が、あたしのカッターシャツを引きさいた。
　ボタンが弾けとぶ音がして、ベッドにそれが転がる。
「……っ」
　……イ、ヤ。
　視界に、弾けとんだボタンが映る。

その光景に重なるように浮かぶ映像は、現実じゃないとわかっている。
脳裏に刻まれた、あの幼い日のことだとわかっている。
……だけど。
あたしが思い出すのは……怖くて、怖くて、ただただ気持ち悪くて痛かった、あの日のこと。
「……や、いやぁ!!」
もはや、あたしに見えているのは“星宮千早”じゃない。
「いや、やめてっ!!」
あのときの、幼かった自分と同じように声をあげる。
手が伸びてきて、でもその手は、あたしを助けてくれる手じゃない。
あたしを地獄に突き落とした、手だ。
必死に抵抗したって、男の力には敵わない。
そんなこと、幼かったあたしだってわかっていた。
だけど、やめられなかった。
怖かったから。
殴られても、さわられても、吐きそうになっても、怖かったから。
「そうそう、嫌がってくれないとおもしろくないからね」
声は星宮千早なのに、あたしの目にはあの日のニヤニヤと気持ちの悪い笑みを浮かべた男が見えた。
お腹をスッとなでられて、顔を背ける。
体が異常に震えて止まらない。
「……真梨ちゃん？」

　星宮千早はやっとこの異常な震え方に気がついたのか、声をかけてくる。
「やだっ！　やめて……!!　やめて──っ！」
「ちょ、真梨ちゃん!?」
「や……っ」
　目の前の視界がぼやけていく。
　あの日も、泣いていた。
　怖くて痛くて、泣いていた。
「やだぁ……っ、お願い、お願いぃ」
　どれだけ拒否したって、やめてくれない。
　人間は、自分勝手だ。
　女は嫌い。
　男も嫌い。
　自分勝手な女も男も、大嫌い。
「お願い、やめさせて！　お願い……お母さん……!!」
「真梨、ちゃん……？」
「やだ、やだっ！」
　目の前に母親がいて、男があたしの体をまさぐる。
　いくらやめさせてと叫んでも、聞いてくれることはなかった。
　星宮がそのときの男に見えて、あたしは涙が止まらなかった。
「真梨ちゃん、俺の名前呼んで？」
　だけど、聞こえた声はもう、なにかを企(たくら)んでいるようには聞こえない。

「や……っ」
「呼んで」
「やだぁ……っ」
「俺は星宮千早だよ？　ほら、呼んで？」
　その言葉で、半分意識が現実に戻された気がした。
「星宮……千早」
「そう、星宮千早。フルネームなのはいただけないけど」
　さっきも同じようなこと聞いたな、なんて心の奥底で思ってみるけれど、あたしの体の震えは収まらない。
「じゃあ、星宮？」
　さっきの異常なパニックをかき消すように、おどけて言ってみたけれど、目の前の星宮は眉間にシワを寄せるだけだ。
　そしてまた近づいてきたと思ったら、そっとあたしの背中と頭に手を回して抱きしめてきた。
「星宮……？」
「呼び方はそれでいいけどさ、無理して笑わなくていいから」
「え……」
「もうヘンなことはしないから。だから、震えが止まるまではこうしててあげる」
　さっきまで襲おうとしていたのに、おかしな人。
　しかも、しててあげるって……星宮ってちょっと俺様？
　蓮も俺様っぽいとこあるし……総長ってそんなものなのかな。
　なんて、どうでもいいことを考えて、気をまぎらわそうとしているあたし。

　でも、震えは止まってくれなくて、むしろ増しているような気さえする。

「真梨ちゃん……」

「なに？」

「ううん、なんでもない」

　なにを言うのに躊躇(ちゅうちょ)したのだろうか。

　まぁ、この震えの理由は、聞かれたって答えられないけれど。

　星宮のあたしを抱きしめる腕が強くなる。

　星宮の胸に顔を押しつけられて、柑橘(かんきつ)系の香りが鼻をくすぐった。

「真梨ちゃん……」

　名前を呼ばれるけど、答えない。

　だって、思ってしまったから。

“あたしが欲しいのは、このぬくもりじゃない”

　そう、思ってしまったから。

　漂う柑橘系の香りは、あたしが求めてる香りじゃない。

　あたしが知ってるのは、もっと甘くなくて、少し鼻がツンとして……。

　抱きしめられている腕は細身で、あたしの求めてる腕じゃない。

　あたしが知ってるのは、もっと筋肉質で少し太くて、でも筋肉が付きすぎてなくて……。

　名前を呼ぶ声は高くて丁寧口調で、あたしの求めてる声じゃない。

　あたしの知ってるのは、低くて甘くて、もっと命令口調で……。

「蓮……」

　あたしが求めてるのは、蓮のぬくもりだと思い知る。

　蓮に会いたいと、無性に思ってしまった。

　自分でもバカだとわかっているけれど。

　ありえないと思っているけれど。

　心の奥底で蓮を求めてしまったんだから、仕方がない。

「真梨ちゃんは、志摩が好きなんだね」

　蓮が、好き……？

　……嫌いでは、ないと思う。

　最初は、いきなり姫になれとか言われて、なんだコイツって思ったけど、一緒にいるうちにそうは思わなくなった。

　キスだって、嫌じゃなかった。

　ただ、好きかと聞かれると、わからない。

　人として好きかって言われれば、好きかもしれない。

　でも、それが異性としてなのかは、わからない。

　あたし自身、恋なんてしたことがないのだから、わからないのは当然だけれど。

「べつに、好きじゃない」

「へえ、そう？」

　星宮はおもしろそうに笑って、あたしを見る。

「まぁ、それならそれでいいけどね。おもしろいし」

　コイツは、おもしろければなんでもいいのかもしれない。

「志摩がかわいそうすぎて本当おもしろい」

いや、ただSなだけかもしれないけれど。

それにしても、蓮がかわいそうってどういうこと？

「まぁ、でもそろそろでしょ」

「なにが？」

「志摩たちが来るの」

蓮たち……？

ここに来るってこと？

「え、ちょっと、なんで蓮たちが来るの？」

「え、なんでって、真梨ちゃんはお姫様なんだから当たり前でしょ？」

いかにも当然、というような口ぶり。

でも、そんな当然、あたしは知らない。

「あたし、認められてないし。普通に来ないと思うけど」

「へぇ。でも、それはどうかな」

そう言って、星宮はあたしの震える体をベッドから立ちあがらせる。

「そろそろ行きますか、お姫様？」

どこに連れていかれるか、わからない。

だけどあたしは、ここにひとりでいるなんて無理だ。

まださっきのパニックの余韻が残ったまま、いるなんて無理。

さっきからはだけているシャツを直す余裕もなく。

そっと、差しだされた手に自分の手を重ねた。

星宮が部屋の扉に手をかける。

少し開けた瞬間、そこからものすごい爆音が聞こえた。
それはもう、ドーンとか、ガシャンとかの域じゃない。
聞いたこともない、耳をふさぎたくなるような音だった。
なに……？
「もう来ちゃったみたいだね」
困惑するあたしを引っぱって部屋を出た星宮は、それはもう、今までで一番楽しそうに笑っていた。
「……これでやっと終わる」
え？と聞き返すよりも、あたしたちを眩しい光が捉える方が先だった。
蛍光灯なんかよりもずっと強い、光。
眩しすぎてよく見えないけれど、たしかにその光はあたしが望んだものだった。
あたしが求めた、人だった。
「れ、ん」
消えてしまいそうなほど小さなあたしの声は、誰にも届かない。
バイクのヘッドライトのせいでよく見えないけれど、そこにいるのはたしかに蓮と獅龍のみんなだった。
来てくれたことがうれしくて、止まったはずの涙がまた出てきてしまいそう。
「真梨ちゃん、ちょっとごめんね」
あたしにしか聞こえないように耳もとでそうささやくと、星宮はあたしの肩を乱暴に自分の方へ引きよせた。
その乱暴さに、また過去を思い出しそうになる。

強ばったあたしの体には見向きもせずに、星宮は歩いていく。

ただわかるのは、あたしの体は拒否を示しているということだけ。

ガクガクと震える体は、星宮によってやっと支えられていた。

獅龍の倉庫とはちがう、廃工場のような邪鬼の溜まり場。

バイクのライトが切られ、ハッキリ見えるようになった。

蓮たちがいるのは、きっと入り口付近。

そして、あたしたちがいるのは入り口から一番離れた奥だ。

星宮はあたしを連れて蓮たちの方へ歩いていくと、半分くらい距離を縮めたところで止まった。

「よく来たね、志摩」

「…………」

ニコリと笑う星宮と、それをにらみつける蓮。

蓮の視線があたしのはだけたままのシャツに移ると、雰囲気がもっとどす黒くなるのがわかった。

蓮に見られるのが嫌で、体を縮こまらせた。

ふたりが漂わせる空気が冷たくて、余計に体が震える。

「よっぽど志摩は、真梨ちゃんが大事みたいだね」

星宮はフフッと笑ってあたしに視線を移す。

そして、はだけたままのシャツからのぞく胸もとに、手を滑らせながら。

「まあ……お楽しみは終わっちゃったけど、ね？」

嫌。

びくりと、大きく体が揺れた。

「星宮……、てめぇ……」

蓮の、いつもよりもはるかに低音の声が響く。

星宮がなぜ蓮を挑発するようなことを言ったのかはわからない。

ただ、蓮から放たれるオーラが突きさすように痛くなったことだけはわかった。

「そんなに怒んないでよ」

また楽しそうに笑って、「ねぇ、真梨ちゃん」とあたしに同意を求めるように顔を近づけてくる。

痛すぎるほどの視線を獅龍の方から浴びせられて、体が固まる。

この視線の中に蓮の視線も入っているのかと思うと、泣きそうになった。

嫌だ、と体が震えた。

蓮に見られたくない、と心底思った。

「や、やだ……!!」

自分の声がやけに響いたかと思うと、星宮はごめんね、と小さくつぶやいた。

「いや、蓮……っや……んっ」

そして、乱暴に唇をふさいだ。

無理やり舌を中にねじこまれて、口内を犯される。

星宮がこんなキスをしてきたのははじめてで、思わず目をギュッとつむる。

「やっ……ん、ヤダ……ッ」

必死に抵抗を見せるけど、星宮はあたしを離さない。

だんだん体の力が抜けて、足がガクガクと体以上に震える。

温かいものが頬を伝って落ちて。

蓮に見られていると思うと、なんともいえない拒絶の感情が、沸々と湧きあがる。

蓮にだけは、蓮にだけは……こんな姿見せたくなかった。

他の、蓮以外の男にキスされているところなんて、見られたくなかった。

蓮とのキスだったらよかったのに……なんて、あたしらしくもないバカなことを考えた。

星宮が離してくれる頃には、あたしの足は完全に意味をなくしていて。

支えるものがなくなった瞬間、あたしは地面にガクンと音を立てるように落ちた。

「……っ……蓮……っ」

その名を呼んで、助けを請う。

蓮の方を見れば、"待ってろ"と口が動いた気がした。

ああ、あたし、蓮じゃないと嫌なんだ、なんて。

蓮が……蓮のことが好きなんだ、なんて。

今さら自覚して、涙が余計にあふれた。

ヒカリ

【光side】
「光！　虎太郎!!　できるだけメンバーを集めろ!!　今すぐにだ！」
　隼さんに呼ばれ、いきなりそんなことを言われた。
「できるだけ早く準備しろ!!　すぐ出るからな!!」
「はい!!」
　どうやら、水川真梨が邪鬼のヤツらにラチられたらしい。
「外にいるヤツらは現地集合でいい!!　待ってる時間なんてねぇからな!?」
「了解です!!」
　虎太郎と一緒に大きな声で返事をした。
　だけど、俺はなんだか他人事のように思えて、自分がなにをしているのかわからなかった。
　無気力とでもいうのだろうか。
　ただ、水川真梨がラチられたという、その事実を受けとめられていなかった。
　その間にも隼さんが虎太郎になにか言って幹部室に入っていったが、よく聞きとれなかった。
　でも、しばらくして聞こえてきた誰よりも低い声に、現実を見せつけられた気がした。
「準備できたか」
　大河さんたち４人を引きつれた蓮さんの声は、いつもより何倍も低くて、威圧感を放つ。

それには怒りと情けなさと苦しさとくやしさと、すべてが混じっている気がして、俺は目が覚めた。

ああ、水川真梨はここにいないんだ、と。

蓮さんの隣に、いないんだ、と。

他の下っ端のヤツらも、同じような感じだったと思う。

虎太郎だけが、少しちがっていた。

蓮さんたちと同じような表情をして、苦虫を噛みつぶしたように顔が歪んでいる。

それを見て、俺はただ行かなきゃ、と思った。

助けにいかなきゃ、なんて自分らしくもなく思った。

この数日見てきた水川真梨は、たしかに本当の水川真梨だったと思う。

ハデな顔で、妖艶(ようえん)な笑みを浮かべて、でも無邪気に笑う。

ときには苦痛に顔を歪めて、怖さに体を強ばらせて、必死に抵抗して……そんな姿を見てきた。

下のヤツらを誘ったなんて話は誰からも聞かない。

それだけでも、俺が持っている水川真梨の印象は、たしかに色を変えた。

最初は憎くて仕方がなかった。

俺の大好きだった女を泣かせて傷つけて、ここにいることすらできなくさせたクソ女。

俺にとって水川真梨は、それ以下にはなっても、それ以上になることなんてないはずだった。

……でも。

水川真梨を知れば知るほど、それはどんどん塗りかえられていく。

強い眼差しも、意志の強い声も、強がりも、無邪気な笑みも、俺が想像したものとはまったくちがった。

俺が数日見てきた水川真梨は、飾り気のない、ただの女の子だった。

妖艶に笑ったかと思ったら子どもみたいに無邪気に笑って、大人なのに子どもで、不安定な女の子だった。

蓮さんの声に、誰もがうなずいたのは言うまでもない。

いや、もしかしたら、「なんで」と思うヤツもいたかもしれない。

だけど、蓮さんのこんな声を聞いてしまったら、なにも言えるわけがない。

だって、声だけでわかる。

蓮さんはこんなにも、水川真梨を必要としている。

それだけで、俺たちにとっては、水川真梨を助ける十分な理由になる。

俺だって、わかってるんだ。

こんなことを思う時点で、もう前とは変わってしまっている。

水川真梨が姫だと認めてしまっている。

獅龍の姫はこの人以外にいない、なんて。

俺はなにを思ってしまっているのだろうか。

「行くぞ」

そう言って蓮さんは自身の黒いバイクに飛びのる。

他の幹部の方々も自身のバイクにまたがった。

……自分のバイクを使うなんてめずらしい。

そのくらい、心配なんだと思った。

いつものように車なんかじゃなくて、自分の足で行きたいのだと思った。

でも、車もないと水川真梨になにかあったとき大変だ。

「虎太郎、車」

「はいはい、わかってるよ」

笑う虎太郎に、俺も薄く笑う。

しばらくして現れた、どこにでもあるワゴン車。

蓮さんたちが乗る車とは別の、俺たちがよく使っている車だ。

車に乗りこむと、動きだす。

隣には虎太郎、運転席には和也さん。

いつもなら和也さんは蓮さんたちの車を運転していて、その車に乗れない俺たちの車には別の運転手がいる。

いつもとちがうその光景は、俺の心を妙に震わせた。

妙な緊張感は俺の鼓動を速くする。

おさえるようにため息をつけば、思ったより早く邪鬼の溜まり場になっている廃工場に着いていた。

「和也さん、早くないですか？」

「ん〜……思ったより外に人がいなかったからなぁ。あれじゃん、邪鬼も全員集めてるってことじゃない？」

邪鬼が全員……。

いつもここら辺をバイクで走っている邪鬼のヤツらがいないせいで、混雑せず早く着いたってことか。

やる気十分、って？

はっ……んなもん、俺らがぶっ潰してやるよ。

「そうですか」

「まぁ、そう来なくっちゃ困るよなぁ〜……総長様方はやる気満々だし」

運転席でクククッと笑う和也さんを横目で見る。

蓮さんたちに対してこんな風に言えるなんて、いったい何者なのだろうか。

いつも思うけど、和也さんはミステリアスだ。

自分のことを話そうとはしない。

俺は歳すら知らねぇし。

車を運転してるんだから、18歳は超えてるんだろうけどさ。

「楽しみだよな」

そう言う和也さんの心境が、心底読めなかった。

邪気の溜まり場に着けば、蓮さんたちはもう着いていて、他のヤツらもだんだんと集まってきた。

「いいか」

「「はいっ!!」」

蓮さんの低い声がこだまして、俺たちは声をあげる。

そして、ものすごい音を鳴らして扉を蹴おとした。

古びたそれは、俺と虎太郎が蹴れば簡単に蹴やぶれた。

そのまま、扉周辺にいた男たちを殴る。

邪鬼のヤツらは俺らを危険分子と判断したのか、離れていく。

それを見て、蓮さんたちを招き入れた。

バイクのまま入ってくる蓮さんたちは、バイクのライトが眩しくて見えない。

それを避けるようにうしろに回れば、邪鬼のヤツらが集まっている様子がよく見えた。

そして同時に目に入る水川真梨。

ここからでもわかるほどに震えている水川真梨は、邪鬼の総長である星宮によって乱暴に支えられている。

蓮さんたちがライトを切り、水川真梨と星宮の顔色がよくわかる。

星宮は普通だけど……水川真梨はまっ青だ。

蓮さんを見れば、鋭い眼光で星宮をにらんでいる。

それもそうか……。

大切な女が他の男のそばで怖がって震えていたら、そんな風にもなる。

しかも……水川真梨のカッターシャツは破かれて、ブラジャーに包まれた胸が惜しげもなくさらされている。

「よく来たね、志摩」

しっかり星宮の声を聞いたのは、これがはじめてかもしれない。

蓮さんはなにも言わず、星宮をにらみつづけるだけ。

「よっぽど志摩は、真梨ちゃんが大事みたいだね」

星宮はフフッと笑って隣の水川真梨に視線を送る。
そしてそのまま、はだけたシャツからのぞく胸もとに手を滑らせた。
「まあ……お楽しみは終わっちゃったけど、ね？」
水川真梨の体が、大きく揺れた。
「星宮……、てめぇ……」
蓮さんの、いつもよりもはるかに低音の声が響く。
星宮、今なんて言った？
お楽しみは終わった？
終わったって……水川真梨と寝たってことかよ？
蓮さんから放たれるオーラが突きさすように痛くなった。
「そんなに怒んないでよ」
また楽しそうに笑って、星宮は水川真梨に顔を近づける。
ただただ、俺たちはそれを見ているしかできなくて。
くやしくてくやしくて、拳をグッと握りしめた。
「や、やだ……!!」
水川真梨が震えている。
男には慣れているはずの彼女が、その行為に拒絶を示していた。
「いや、蓮……っや……んっ」
なのに星宮は、水川真梨の唇を乱暴にふさいだ。
それはもう、あっという間に。
ここから見える水川真梨は、たしかに抵抗していた。
だけど、男と女じゃ力の差なんて歴然。
仮にも邪鬼の総長である星宮の相手になんて、なるわけがない。

「やっ……ん、ヤダ……っ」

　泣いているのだろうか。

　拒む声が震えている。

　俺たちは動けないまま、ただそれを凝視していた。

　本当は動きたかった。

　あそこまで走っていって、なにしてんだよって、なに泣かしてんだよって、引きはなしたかった。

　きっとそれは、蓮さんも同じだ。

　でも、蓮さんはしなかった。

　ここは邪鬼の溜まり場であり、ヘンな行動をすれば真梨に危害がいくのがわかっているから。

　だから俺も、動かないし、動けない。

　みんな同じだった。

　星宮のキスが終わったとたん、真梨は重力に逆らわずに地面に落ちていく。

　膝がかくんと折れて、正座でもするかのように座りこんだ。

「……っ……蓮……っ」

　突然、水川真梨が呼んだ、その名。

　蓮さんはそれを聞いて、ピクリと体を揺らす。

　ああ、このふたりなら大丈夫かな、なんて、こっちを見た水川真梨の瞳を見て思う。

　髪はハニーブラウンに戻っているけれど、黒いカラコンが入ったままのその目。

　カラコンが入っていても意志を持ったその目は、助けを請うていた。

　他でもない蓮さんに、助けを請うていた。

「お前ら……手かげん、すんじゃねぇぞ」

　ハッキリと聞こえた蓮さんの声。

　俺たちはうなずいた。

　誰ひとり文句を言うこともなく。

　いや、誰も言えないだろう。

　その姫が、そういう行為を嫌がって、俺たちに助けを求めているのだから。

「行け」

　倉庫に響いた、蓮さんの声。

　それを合図に、俺たちは邪鬼の男たちに殴りかかっていた。

　喧嘩が始まれば、相手の拳を避けて、蹴りを避けて、殴って、蹴って、突きとばす。

　それの繰り返し。

　邪鬼の下のヤツらなんて、俺でも相手にならないくらいだ。

　きっと、蓮さんたちはもっと余裕なはず。

　チラリと蓮さんを見れば、周りのヤツらを簡単に投げ倒して水川真梨の方へ走っていく。

　でも、たしか水川真梨のもとには……。

　……あれ？

　水川真梨のそばにいたはずの星宮が、いない。

　……どこ行ったんだよ。

　周りを見ると、星宮は水川真梨から少し離れたところで楽しそうに見物している。

勝つ気がないのか……？

たしかに星宮にはなんとも言えない威圧感があるけれど、戦う気があるようには思えない。

さっきだって、ただ俺たちを挑発するような言動をしただけ。

俺たちに勝つための利用材料になるはずの水川真梨はほったらかしだし、正直勝つ気があるとは思えない。

そんなことを考えている間にも迫ってくる相手を、俺は回し蹴りで吹っとばした。

蓮さんはだんだん水川真梨との距離をつめていく。

蓮さんが水川真梨の前にしゃがみこむのを横目に見て、俺はそこを狙ったように飛びこんでくるザコどもを殴りとばしていく。

何回か同じように殴りとばしていると、虎太郎が俺の前に出てくる。

「光、お前は蓮さんの近くにいろ！　ここは俺がおさえるから！」

「わりぃ、頼む！」

虎太郎にその場を任せて、蓮さんたちの方へ駆けよる。

蓮さんは、水川真梨に自分が着ていた制服のブレザーをそっとかけていた。

そして、聞いたこともないような優しい声色で水川真梨に話しかける。

「真梨」

「……れ、ん……」

　やっとしぼりだしたような水川真梨の小さな小さな声は、やはり震えている。
「ごめんな、遅くなって」
　そう言った蓮さんの声も少し震えていて。
　蓮さんは水川真梨をギュッと抱きしめた。
「真梨、とりあえず立てるか？」
　感動の再会もほどほどに、スッと蓮さんが水川真梨に手を伸ばす。
　水川真梨はその手を取るけれど、足に力が入らないのか首を横に振る。
「そうか……」
　本当は蓮さんが自分でここから連れ出してやりたいのだろうけれど、蓮さんは総長だ。
　抗争中にこの場から離れることはできない。
　となれば……。
「光」
　すぐそばにいる、俺に声がかかるだろう。
　その声が聞こえてすぐに、「はい」と返事をする。
「真梨のこと、頼んでもいいか」
「もちろんです」
　もちろん……その言葉に嘘はない。
　憧れであり尊敬の対象である、我らが総長の頼みを聞かない理由なんてない。
　俺は蓮さんと持ち場を交換するように、水川真梨に近づいた。

蓮さんは、向かってきた相手をすかさず蹴りとばす。

水川真梨は、なぜ蓮さんが一緒に出られないのかわかっているのだろう。

カンが鋭いのか、こういうところは本当、他の女より長けていると思う。

光、と消えいりそうな小さな声で、俺の名を呼ぶ水川真梨。

「ちょっとごめんな」

そう声をかけてそばにしゃがみこむと、蓮さんのかけたブレザーのボタンをひとつひとつ留めた。

目のやり場のなかった胸もとが、さっきよりはだいぶマシになった。

これでも刺激が強いのに変わりはないけれど。

「立てねぇ……んだよな」

「う、ん……」

弱々しい水川真梨の声を聞いてから、周りを見渡す。

さすが、とでも言おうか。

みんな、水川真梨を避難させるために道を開けている。

作られた道に邪鬼のヤツらが入らないよう、そこに背を向けて、戦っていた。

グズグズしてる場合じゃない。

ハッキリ言って、いつ崩れるかわからない道。

崩れる前に、水川真梨を連れださないといけない。

「ごめんな」

そう言って、水川真梨の背中と膝の裏に腕を滑らせた。

「っ……！」

大きく跳ねる水川真梨の体。

そりゃ、嫌だよな。

あれだけ嫌がってたってことは、星宮に襲われたときだって相当抵抗したと思う。

かなりの恐怖を男に覚えたと言っていいだろう。

「わりぃな、ちょっとだけ我慢しろよ」

そう、なだめるように背中をなでると、できるだけ速く、小走りでその場を抜けだした。

感情

【光side】

　なんとか乗ってきたワゴン車までたどり着くと、水川真梨を後部座席に乗せた。

　和也さんも抗争に参加しているのか、車には誰もいなくて、俺と真梨のふたりきり。

「大丈夫かよ」

「……うん」

　水川真梨はそう言うけど、震えは止まらない。

「寒いか？」

「大丈夫」

「毛布いるか？」

「うん……」

　うしろのトランクから小さめの毛布を取り出して、水川真梨に渡す。

「毛布とかあるんだ……」

「一応な。たぶん、蓮さんたちの車にも乗ってる」

　俺の適当な説明に、へぇ、と水川真梨は声を漏らす。

　そして黙りこむ水川真梨に、どうしたものかとその顔をのぞきこんだ。

「水川真梨……？」

　その顔はなんとも言えない表情。

　苦しいのか、悲しいのか、さびしいのか、くやしいのか、わからない。
「フルネームで呼ばないでって言ったじゃん」
　水川真梨が返してきたのは、そんな言葉だった。
「そんなこと言ってる場合じゃないだろ……？」
「そんなことじゃないから」
　そう言って、水川真梨は俺を見あげる。
　本人はにらんでるつもりなんだろうけど、逆効果。
　目も潤んでて、上目遣い。
　誘っているようにしか見えない。
　その目から逃れるように、顔を背けた。
「ちょっと光、そっち向かないでよ……」
　すると、なぜか急に弱気になった水川真梨が、俺のシャツを引っぱった。
「おい？」
「…………」
「水川真梨？」
「…………」
「聞いてんのか？　おー……」
「うるさい」
　いきなり遮られ、思わず「はぁ？」と低い声が漏れる。
　その瞬間、ピクリと水川真梨の体が揺れた。
「あ、ごめん……」
　今の水川真梨には、そんな声でさえも恐怖の対象になってしまうようだ。
「…………」

「おい？」
「……名前で呼ぶまで口きかないって言ったでしょ」
体の震えも止まらないのに、強気にそんなことを言う。
それに、今さらだろ。
口きかないって……さっきまで普通に話してたのに。
だけど、妙に健気なその姿は、俺の心を温かくさせた。
でも……。
「名前で呼んだら、蓮さんに怒られるかもしれねぇだろ」
そう言うと、今度は真梨がはぁ？という顔になる。
「あたしがいいって言ってるのに、なんで蓮が怒るの」
ブスッとした顔なのに、真梨がすると並み外れて可愛い。
いろんな意味で、コイツは凶器だ。
「それに、虎太郎も呼んでるし、べつに……」
たしかに、虎太郎は「真梨」って呼びはじめたみたいだけど。
「べつに、俺には関係ねぇじゃん」
「要は呼びたくないってこと？」
「…………」
俺が黙ると、それを肯定と受けとったのか、「そっか」と悲しそうに顔をうつむけた。
流れる沈黙。
いまだに震えている水川真梨も俺も、口を開かない。
ちょっと……ヤバいだろ、これ。
名前呼ばなくて泣かれたりしたら、終わりじゃねぇか。
蓮さんたちになにを言われるか、わかったもんじゃねぇ。

　いや、そんなことで泣かないとは思うけど……。
「あたしね」
　急に口を開いた水川真梨の震えた声に驚いて、体が少し反応した。
「あんなこと言われたの、はじめてだったの」
　ポツリポツリ、言葉を紡ぐ。
「自分でもバカみたいって思うんだけど……うれしくて」
「う、ん」
「本当にうれしかったの」
　そう言って、顔をあげるとやわらかく微笑む。
　水川真梨がなにを言いたいのかわからないけれど、俺は黙ったまま話を聞きつづけた。
「名前を呼ばれてうれしいなんて思ったのも、今日がはじめて」
　名前……？
「虎太郎が朝呼んでくれたときも、さっき蓮が呼んでくれたときも、バカみたいにうれしかった」
「…………」
「でも……無理やり呼ばせても、意味ないよね」
　さびしそうにまた笑う姿に、胸が痛くなる。
　蓮さんと、虎太郎。
　ふたりがなにを言ったのかはわからないけれど、水川真梨にとって名前を呼んでもらうということは、それほどうれしいことなんだってことはわかる。
　やっぱりさびしそうな水川真梨に、俺はなんて声をかけていいのかわからない。
　どうしたら笑ってくれるのか。
　どうしたら、そんな顔をさせないで済むのか。
　名前を呼びたくない、なんて。
　ただの、あがき……。
　そこまで水川真梨にハマりたくないと思う、バカな俺の最後のあがきだ。
「さびしい？」
「え……？」
　間の抜けたような返事に、眉がさがる。
「さびしいんじゃねぇの？　お前はさ」
「さびしい……？」
「ちがうのかよ？」
　視線をそらした水川真梨の顔をのぞきこむと、怪訝(けげん)そうに眉をひそめていた。
「さびしいって……こんな感情だっけ？」
「は……？」
　ガツンと、頭を鈍器で殴られたような衝撃を受けた。
「水川真梨……、なに言って……」
「そんなわけ、ないじゃん」
　混乱したように定まらない視線。
　震えは増していく。
「あたしは……あたしは……っ」
「おいっ？」
「あたしは……っ」

目に涙が溜まっていく水川真梨を、とっさに軽く抱きしめる。

なぜ抱きしめたのかはわからない。

でも、蓮さんに怒られるかも、なんてことは微塵（みじん）も頭の中になかった。

ただ、目の前の水川真梨を支えなきゃいけないと思った。

「あたしはこんな感情いらない……っ」

小さく吐きだした声は、涙とともにこぼれていく。

「これが……名前を呼んでもらえないことに胸が痛くなることが、さびしいって感情なら、そんなのいらない……っ」

「……っ」

「名前なんていらない……っ」

水川真梨の紡ぎだす言葉に息が詰まる。

“やめろ”

そう言う前に俺は……。

「真梨っ」

その名を呼んでいた。

「やだ……」

「真梨」

「やだ……っ」

「真梨……！」

いやいや、と首を振る真梨をさっきよりも強く抱きしめる。

「……真梨」

「やめて、光……!!」

真梨の苦しげな声に、その背中をさすっていた手がピタりと止まる。
「呼ばないで……」
　さっきと言っていることが、まるで逆だ。
　呼べと言ったと思ったら、今度は呼ぶな。
　意味がわからない。
「あたしに、さびしいって感情なんていらない……」
　なんで。
　なんでコイツはこうも、自分の感情を押しころそうとするんだよ。
「こんな感情……邪魔なだけ……っ!!」
「おい……」
　落ちつけ、そう言いきかせて、背中をさする。
「真梨……」
「やめてってば……！」
「なにが気にくわないんだよ……？」
　ポツリとこぼれた言葉に、真梨は俺から体を離して顔をあげる。
「すべて」
「…………」
　意志の強い瞳で見つめられて、声が出ない。
「感情なんて、虚(むな)しい感情なんて、すべていらない……。“悲しい”も、“さびしい”も、“くやしい”も、全部捨ててきた……っ。そんな感情があるから人はバカなんだよ……！　愛とか恋とかなんなの……!?　あたしはさびしくなんかない……!!　そんな感情いらない……」

苦しそうに眉をひそめた様子は、それを言うことすら苦しそうだ。
「でも、蓮さんのこと好きなんだろ？」
そのことに、俺は妙な自信を持っていた。
だって、蓮さんに助けを請うていた真梨は、たしかに蓮さんだけを見ていたから。
「そう、だね……蓮のこと、好きだよ。それが恋というのなら……結局はあたしもバカな人間だったってだけ」
「…………」
「この想いが虚しい感情に結びつくなら、この想いも捨てるだけだけだよ」
“捨てる”という言葉に、過剰に反応してしまう。
なんで、そんなこと言うんだよ。
ふたりが両思いってことは、誰が見てもわかりきった事実なのに。
……だけど。
真梨がそこまで言うのには、真梨の過去が関係しているんだろう。
感情を捨てなければならなくなるくらいのことが、真梨の過去にはあったんだろう。
でも……。
「……んで」
「え？」
「なんで、自分に正直にならないんだよ……」
過去は過去、現在(いま)は現在(いま)。

　未来は未来であって、希望は無限大にある。
　ずっと、過去に縛られることはない。
「今は今だろ……？　過去なんて置いてこい。今を生きろよ……!!」
　真梨の顔を両手でつかんで、揺れた瞳を逃がさぬように見つめた。
　過去は捨てられない。
　でも、置いておくことはできる。
　頭の片隅にしまいこんで、それでも思い出してしまったときは、自分なりの方法でまたしまいこめばいい。
　泣きたかったら泣けばいい。
　怒りたかったら怒ればいい。
　逃げたかったら逃げればいい。
　人はみんなひとつくらい、つらい過去を持っていて、それを心の奥底にしまいこんで生きている。
　その方法が、ひとりひとりちがうだけ。
　それが感情を捨てたい理由にはならない、と俺は思う。
「感情を、想いを捨てる必要なんて、どこにもない。お前はお前らしくしてればいいだろっ!?」
「あたしらしく……？」
「ああ。あ、でも蓮さん以外の男と遊んだりなんかしたら、俺がブッ飛ばしてやる」
　遊び人ということがお前らしさじゃねぇぞ、というように付け足すと、真梨はさっきとは打って変わって少し笑みを浮かべた。

「そんなことするわけないでしょ。自分でもバカらしいくらい、蓮を好きになってるみたいだから……」
　ちょっと落ちついたらしい真梨が妙に素直で、調子が狂う。
「あっそ」
「うん」
　本当に素直にうなずいた真梨の目と視線が絡まる。
　すると真梨は、意を決したように真剣に口を開いた。
「あたしね……」
　ごくりと、息をのんだ。
「蓮とはじめて一緒に寝た日……“殺して”って言ったの」
　そう言った真梨が、あまりにも儚げで、今にも消えてしまいそうだったから。
「この顔さえなければ、あんな思いしなくて済んだかもしれない。普通の容姿だったら、こんな風に遊び人になることもなかったかもしれない。遊び人になることを選んだのはあたし。だけど、そうなるように仕向けたのはこの顔。この顔が、憎くて憎くて仕方ない」
　蓮さんとはじめて寝た日。
　それは、蓮さんにはじめて抱かれた日、ということだろうか。
　それとも、獅龍にはじめて来た日の夜、ということだろうか。
　どちらかわからないけれど、とにかく真梨は自分の顔が嫌で死にたかったらしい。
「でもね、蓮は……変えてやるって言ってくれた。あたしを、あたしの考えを変えてくれるって言ってくれた」
　蓮さんらしい、とは思わない。
　蓮さんは正直、女にも男にも容赦(ようしゃ)がないし、冷徹だと言われることだってある。
　そんな蓮さんが、真梨を特別に思っているからこそ、そういう風に言ったんだろう。
「それで、真梨はなんか変わったか？」
　そう問えば、真梨は少し困ったような顔をして首を振った。
「……変わってない、と言えば変わってない。この顔が憎いのは変わらないし、今でも、女も男もこんな自分も大嫌い。だけどね……」
　少しやわらかく笑った真梨はもう、はじめて会った頃の真梨じゃない。
「蓮や……タカ、颯、隼、大河……それから光に虎太郎、獅龍のみんな。まだまだ知らないこともいっぱいあるし、話したことのない人の方が多い。それでも、みんなといることが嫌じゃない。むしろ一緒にいたい、なんてらしくないこと思ってる。バカみたいだけど、みんなの仲間になりたい。獅龍の仲間になりたい……。蓮はもちろん、みんなみんな……大好き」
　今ここにいるのは、俺が姫だと認めた“水川真梨”という女だった。
「……バカだろ」
　そう言う俺に、真梨は不安そうな顔をする。
「え？」

「お前……バカじゃねぇの……」

詰まりそうになる言葉を必死に紡ぐ。

コイツ……俺のこと泣かす気だろ……？

「光？」

「うるせぇ、ちょっと黙れ」

一緒にいたいとか、仲間になりたいとか、大好きだとか。

本当、お前はバカだ。

「泣いてる……？」

「なわけねぇだろ、バカ」

「バカバカ言わないでよ。光の方がバカでしょ」

「うるせぇー」

お前の方がよっぽどバカだ。

だって……。

「お前はもうとっくに、俺らの仲間じゃねぇのかよ？」

お前が俺らの姫であることは、変わらない事実。

「もうみんな、わかってるよ。お前がただの遊び人じゃないことくらい」

「嘘……」

ポカンとしている真梨に、「だからバカなんだよ」と言えば、やっと本当だと理解したのか、うれしそうに目を細めて笑った。

「光……眠い……」

安心したのか、少し震えが止まってきた真梨はどうやら眠いらしい。

今にもまぶたが落ちそうになっている。

一応、抗争中だというのにウトウトしている真梨は、ある意味、図太い神経の持ち主なのかもしれない。

「眠いなら寝てろよ」

どうせ俺もここにいるんだし、という意味をこめてそう言う。

「でも、本当は戻りたいんじゃないの？」

真梨は、俺のしまいこんだ本音を的確に当ててくる。

「…………」

答えられない俺は黙るしかない。

あの抗争に戻りたくない、と言ったら嘘になる。

俺は結構、喧嘩が好きなタチだけど、抗争の最後はたいてい総長同士のタイマンで終わる。

俺がいてもあまり意味はないけど、そのタイマンを見たい気持ちもあって……。

「戻りたいなら戻ればいいのに」

「あのなぁ……」

眠そうなのにそんなことを言う真梨に眉を寄せた。

「なによ」

強気に口を尖（とが）らせる真梨に、ため息をつく。

「戻るってことは、お前のこと置いていくってことになるんだぞ？」

「そんなことわかってる」

「わかってんなら言うなって」

「いいじゃん、べつに。あたしを置いていくことが悪いことなわけじゃないでしょ」
　事の重大さがわかってない真梨に、またもやため息が出る。
　本当……コイツはわかってない。
　蓮さんに真梨を頼まれたからには、放っておくことなんてできない。
「ねぇ」
　真梨の声に、むっとした顔のまま目を向ける。
「蓮に頼まれたから、とか思ってるなら、見当ちがいだよ。蓮はあたしをあそこから連れ出したかっただけでしょ。そのあとの世話まで頼んだわけじゃない」
　真梨が言いおわるか言いおわらないかのタイミングで、ガンッと大きな音が廃工場から聞こえた。
　それとほぼ同時に、俺のスマホが鳴る。
　すきとおるような綺麗な声が特徴の、女性ボーカルのバンドのこの曲を着信音に設定しているのは、虎太郎。
「光もそういうの聞くんだ」
　フフッと笑う真梨は、このバンドを知っているのかもしれない。
　そして、口角をあげたまま、真剣な目つきで俺を見る。
「ほら……呼んでるよ？　光を」
　その声に従って、俺は車を出てから電話に出た。
『はい』
『光？』
　焦った様子もない虎太郎の声は、大した用事じゃないことを示している。

『なにかあったか?』
『ああ……今、蓮さんと星宮がやり合ってるとこ』
『そう』
　スモークガラスでハッキリとは見えないけれど、気になるのか車の中からこっちをうかがう真梨が見える。
『後片づけもしなきゃなんないし……とりあえず、こっち来られるか?』
『ああ、真梨もだいぶ落ちついたしな』
『ふうん、そう』
　ちょっと含み笑いをするように言った虎太郎。
　その真意がわかって、「うぜぇ」と漏らす。
『だって、光が真梨って……』
　楽しそうにクスクス笑う虎太郎に、黙れと怒鳴る。
　やっぱりコイツは、俺が真梨のことを下の名前で呼んだことがおもしろいらしい。
『まぁ、成長したんじゃない?』
　上から目線で物を言う虎太郎。
　「うるせぇ」と言うと、また笑い声を漏らした。

　電話を切ってから、真梨の乗っている車を置いて廃工場に向かう。
　入ったとたんに見えたのは、蓮さんと星宮。
　蓮さんの一方的な攻撃が続き、星宮はそれを的確に避けるだけ。
　やっぱり星宮は、俺たちと戦う気がないのか……。

「光」
　呼ばれて声の方に向けば、そこには大河さん。
「なんですか？」
「真梨は？」
「……車にいますよ。もう震えも止まってて、大丈夫そうです」
「そうか……」
　そう言って大河さんはチラリと入り口の方を見る。
　大河さんも真梨が心配らしい。
　まあ……当たり前か。
　大河さんにとっても、真梨が大事な人になっていることに変わりはない。
「ところで……これは？」
「ん？　ああ……蓮と星宮？」
　コクンとうなずく。
「なかなか決着つかなくてよ〜。さっさとしろってなぁ？」
　ふざけたように言う大河さんに、少し笑う。
「星宮にいたっては、やる気ねぇみてぇだしな」
　大河さんも気づいてる……か。
　ていうか、たぶんこの光景を見ているみんなが気づいてる。
　周りを見れば、邪鬼のヤツらはほぼ全員倒れていて、俺たち獅龍のメンツは大事にいたるような怪我人は見当たらない。
「でも、もうそろそろ終わるんじゃないですか？」
「ん〜、でもかれこれ20分くらい、ずっとこの調子なんだよなぁ」

大河さんの言葉に、「え」と驚きの声がこぼれる。

蓮さん相手に20分……？

星宮、もはや怪物？

蓮さんの戦闘能力は、獅龍の中でも一番と言っていいほどだし、体の線だって星宮の方が断然細い。

「まあ……光の言うとおり、もうちょいだろうけど……」

ほら、と付け足すような大河さんの声に、視界を蓮さんと星宮に絞りこむ。

どちらも同じくらいの強さか……いや、星宮は避けているだけだから、なんとも言えないけれど。

蓮さんが右拳を打ちこめば左に避けて、そのまま回し蹴りをかませば、ひょいっとうしろに跳び避ける。

反射神経がいいのか、あれは。

避けることだけが人一倍得意なのか、それとも、それ以外の戦闘能力も同等のものなのか。

ただ、星宮は不敵に笑うだけだ。

「バーカ」

蓮さんがそう言葉を発すると同時に、事は起こった。

なにが起こったのか、ハッキリとはわからない。

ただ、いつの間にか蓮さんが星宮の背後にいた。

たぶん星宮がどこに避けるか予想して、それよりも早く背後に回ったんだろう。

「油断してんじゃ、ねーよっ」

そして、そのまま蓮さんは星宮の背中に蹴りをかました。

──ズシャアアァ!!

聞いているだけで痛いくらいの、地面と布のこすれる音が響く。

星宮の体はそのまま壁まで行きつくと、ガァン！と大きな音を立てて激突した。

「……っ」

誰のものかもわからない、息をのむ音が聞こえる。

それぐらい、迫力があった。

蓮さんの一撃に、誰もが鳥肌が立っただろう。

「……行くぞ」

「えっ」

蓮さんの言葉に、あちこちから驚いたような声があがる。

ただ、幹部の人たちだけをのぞいて。

「ほら、さっさと行くよ」

そう言う颯さんに、「いいんですか？」と問う。

でも、返ってきた声は颯さんのものではなく……。

「あんなクソ野郎、相手にする価値もねぇ」

そう言った蓮さんは、星宮の方を一度も見ることなく廃工場を去っていく。

「クソ野郎で……悪かったね」

その声にも反応せず、歩いていく。

俺たちもその背中についていくように足を踏みだした。

「でも……ありがとう」

聞こえたそれは本当に小さな声で、もしかしたら空耳だったのかもしれない。

告白

【真梨side】

「ふぅ……」

小さく吐いたため息が車内に響く。

光がいなくなってから、どのくらいの時間がたっただろう。

もしかしたらたったの数分かもしれないし、数十分かもしれない。

たったひとりの空間は、妙に時間の流れを遅く感じさせる。

震えは止まった。

涙も止まった。

光がいなくなったからか、眠気も収まった。

だけど、まだ恐怖の余韻が残っていて、ひとりだと心細い。

あたしが光に行くように仕向けたのに、ひとりになったとたんにこんなことを思うなんて、バカみたい。

ふと窓の外を見ると、廃工場から出てくる蓮たちが見えた。

「れ、ん……」

ポツリ、小さくつぶやかれた声は、当たり前だけど蓮には届かない。

だけど蓮は、スモークガラスでハッキリとは見えないはずのあたしを見つめながら、近づいてきている気がする。

ドアの前に立ったと思ったら、それを開けた蓮。

その瞬間、蓮と目が合う。

あたしは口を開けない。

だって、蓮のあたしを見る眼差しが、なんとも言えない色をしていたから。

鋭いのに儚げで。

強いのに苦しげで。

優しいのに悲しげで……。

なにを思っているのか、わからないから。

「いいって言うまで入ってくんなよ」

蓮はそう周りの人に言いはなって、車に乗りこんだ。

「真梨」

入ってすぐ、あたしの名前を呼ぶ蓮。

それはあたしが待ちのぞんだ声で、思わず想いが高ぶる。

「蓮……っ」

蓮が隣に来てくれたことに安心してしまう自分がいて、こんなにも蓮に会いたかったんだと自覚する。

あたしのすがるような声を聞くと、蓮はフッと優しく笑う。

そして、あたしを壊れ物を扱うかのように抱きしめた。

「蓮……蓮……っ」

「ごめんな、真梨」

謝る蓮に、首を横に振る。

「謝んないでよ……むしろ、ありがとう」

蓮の顔を見あげて、笑顔を作る。

「助けてくれて、ありがとう」

やわらかく笑ったつもりなのに、蓮は納得がいかないのか困ったような顔をする。

「蓮……？」

「助けられてねぇだろ。実際、真梨は星宮に……」

言葉を濁して、蓮はあたしから顔をそらす。

ああ、そっか……。

蓮たちは、あたしが星宮にヤられちゃったって思ってるんだっけ。

「星宮には、なにもされてないよ？」

「はあ？」

思いっきり眉を寄せる蓮。

そんなにしかめっ面しなくてもいいじゃん。

「だから、べつになにもされてないって」

「けどお前、震えてたじゃねぇかよ」

「あ〜……あれはちょっと……」

「なんだよ」

まだしかめっ面の蓮を上目遣いに見あげる。

「襲われかけちゃった、みたいな」

あはは、とふざけてみるけれど、蓮の眉間のシワは余計に深くなるだけ。

「ちゃったじゃねぇだろ、ちゃった、じゃ」

ムカつく、そう言って蓮は抱きしめる力を強くする。

あたしの顔を自分の胸に押しつけて、あたしの髪をなでた。

「俺以外の男にさわらせんなよな……」

ああ本当、蓮のバカ……。

そんなこと言わないでよ。

あたしの中の蓮への想いが、あふれだしそうになるから。

そんなカンチがいしそうなこと、言わないで。

でも、カンちがいしたいと思ってるあたしもいる。

たとえこれがカンちがいだとしても、あたしの想いは変わらないから。

カンちがい、したいよ。

蓮もあたしのことが好きなのかな、って。

「蓮……」

「ん？」

「本当、ありがとね……」

「ん」

ああ、本当に蓮のことが好きだ。

低い声も、ツンとした匂いも。

厚い胸板に筋肉質な腕、切れ長な目に、傷みを知らない黒髪も。

そして、強引で俺様な性格も……全部があたしの心を心地よく高鳴らせる。

大好き。

本当に本当に……。

「蓮、好き……」

思わず声に出していた想い。

自分がなにを言ったのか頭が理解するよりも前に、あたしの唇は蓮によってふさがれていた。

軽く啄むような、可愛らしいキス。

焦らすようにあたしの唇にリップ音を立てて、離れては、またくっつく。

「蓮……っ」

もっと深いそれが欲しくてその名を呼べば、蓮はうれしそうに顔をクシャクシャにして笑った。
「俺も好きだ」
深く求める唇。
絡まる舌。
ただし、それは蓮からのもの。
あたしはただ、目を閉じることもせず、蓮の長いまつ毛の影を見つめることしかできない。
「れ、んぅ……っ」
名前を呼ぶことすらままならなくなって、反射的に目をギュッとつむった。
「真梨」
息があがるわけでもなく、名前を呼ぶ蓮。
やっと離してもらえたあたしは、息も絶え絶えだというのに、なんという屈辱だろうか。
「本当、キス弱いよな、お前」
ニヤニヤと嫌らしく笑う蓮を、「うるさい」とにらみつける。
だけど、蓮はその視線すら包みこむように、もっと強く抱きしめてきた。
耳に当たる蓮の胸が、少し速く脈打っている。
あたしのも同じくらい速い。
「あー……抱きてぇ」
「ハッ!?」
突然の蓮の発言に、顔に熱が集まる。

抱きたいとか、なに言ってんのコイツ！
「んだよ、いーだろ。もう本当に俺の女になったわけだし」
俺の女……。
そっか、そういう関係になるんだ……。
蓮の……彼女、ってことだよね。
ということは、蓮があたしの彼氏、ってこと？
……なにこれ。
「バカッ」
はずかしい、はずかしい、はずかしい!!
顔が熱い。
まっ赤になってるだろうことが自分でもわかる。
「なに、照れてんの？」
蓮の胸に埋めた顔を、自分の方に向かせようとする蓮。
必死に抗(あらが)うけれど、力では敵わない。
「うわ、まっ赤」
「言われなくてもわかってる！」
にらみつけたって、蓮は楽しそうに笑うだけ。
「ホントお前、可愛すぎ」
「なっ……っん」
反抗しようとして、口をふさがれる。
触れた部分から熱が伝わってきて、胸が熱くなる。
「っ……ん……っ!!」
キスに夢中になってきたとき、その手があたしの首筋に触れた。
「ちょ、蓮!?　どこさわってんのっ！」

無理やり唇を離して、にらみつける。

「いいだろ、べつに」

だけど蓮は手を止めない。

あたしを包んでいた毛布もはぎとって、光が留めてくれた蓮のブレザーのボタンもあっという間に外していく。

「れ、れんっ」

制止する声も気にしない蓮は、あたしをまっすぐ見る。

「星宮に、なにされた」

「え？」

「襲われかけたんだろ。なにされた」

そんなこと言いたくないのに、あたしの体を捕まえる強い力は有無を言わせない。

「蓮……」

「早く言えって」

「で、でも」

「いいから」

強引な言葉に口を尖らせる。

「べつに、大したことされてないよ」

「言え」

語尾の強さが増して、蓮から目をそらす。

そして思い出した出来事に、開く唇が震えた。

「押し倒されて……」

「ん」

震えたまま紡ぐ言葉に、蓮が優しい声で相槌（あいづち）を打つ。

「服破かれて……」

「……ん」
「首……舐められて……」
「ん……」
「キス、した」
　あたしの最後の言葉を聞いて、苦しそうに顔を歪める蓮。
「キス、したのか？」
　幼い子に聞くような言い方で、あたしの頭をなでながら言う。
　顔をうつむけて、小さくうなずく。
「真梨からしたのか？」
　そうだよ。
　あの子どもみたいな、触れるだけのキスをした。
　遊び人“水川真梨”としてのキスをした。
　また小さくうなずいた瞬間、蓮はあたしの顔を手の平で挟んで無理やりあげた。
　そこには切なそうに顔を歪める蓮がいて。
「俺にも」
「え……？」
「俺にも、真梨からキスしろよ……ほら」
　そう言って、顔を突きだしてくる。
　さっきより近い位置で目が合って、視界が揺れた。
　心臓がドキドキと音を立てる。
「蓮……」
「早く」
　そう言ってあたしを急かすその顔に、思わずそっと、手を伸ばす。

女の子なら誰でもうらやましがるような、乾燥もニキビも知らない肌。

あたしの少し震えた手が触れると、蓮はくすぐったそうに身をよじった。

「目、閉じて……？」

あたしが口にした言葉に動揺することもなく、静かに目を閉じる。

蓮の長いまつ毛が影を落とす。

筋の通った高い鼻、切れ長の目、ほどよく日焼けした肌、色気を放つ唇。

蓮の綺麗な顔が、目の前にある。

そのことを、こんなにもうれしいと思うあたしは、もうとっくに蓮に溺れてる。

『お前は俺に溺れてろ』

蓮に失神するようなキスをされたとき、意識を手放す寸前、言われた言葉。

きっとあたしは、その頃から蓮に溺れはじめてた。

気づかないふりをしていたけれど、もう自分をごまかすなんてできない。

今、あたしは蓮に溺れてる。

「このキスは、星宮にしたのとはちがうキスだから。“ただの”あたしがしたキスだからね」

そう言ってから、蓮に顔を近づけた。

きっと、忘れないと思う。

　みんなと出会ったあの日も、蓮の温かいぬくもりに包まれて眠ったあの日も。

　好きという感情を知ったこの日も、蓮とキスをしているこのときも、蓮に溺れつづけるだろうこれからの日々も。

　きっと忘れない。

　ずっとずっと、あたしのもの。

　あたしの小さな宝物。

　きっと一生だと。

　この想いは一生だと思いたい。

「一生そばにいろよ」

　いつの間にか主導権を奪った蓮の思うがまま、あたしたちは甘い甘い、とろけるようなキスを繰り返した。

「お前ら、いつまでくっついてんだよ……」

　怪訝そうにそう言うのは大河。

「目のやり場に困るよね」

　なにも困ったことのないように言う颯。

「ば、ばばば、バカじゃねぇのっ。い、イチャつくんなら、ふたりきりでやれやっ」

　顔をまっ赤にして噛みまくりのタカ。

「……ふんっ」

　そして、まっ赤な顔をそらして拗ねたようにそっぽを向く隼。

「知るかよ」

　ニヤリと笑って、逃げようとしているあたしをまた引きよせるのは、蓮。

後始末が終わり、倉庫に帰ってきたあたしたちは、幹部室にいた。

あたしたちが恋人という関係になったことは、早々にバレた。

颯いわく、わかりやすいらしい。

「タカ、お腹空いた〜」

隼のひと言で、タカの目線は部屋の壁かけ時計に移る。

「あ〜……もうこんな時間だっけ」

時計が示している時刻は19時30分。

今日は公園で蓮とキスしていたらラチられて、星宮に襲われかけて、獅龍と邪鬼の抗争が起きて……本当に長い一日だった。

「蓮、もう遅いし、シゲさんとこでいいだろ？」

「ああ」

どうやら初日に行ったシゲさんのお店で夕飯を食べるみたいだ。

蓮の返事を合図に、みんな立ちあがる。

それはあたしも例外じゃなくて、そばにいた蓮に引っぱられるように立ちあがった。

「ん〜、なんか疲れたし、腹減った〜」

そう言って、伸びをしながら扉を開けて歩いていく大河。

隼、颯、タカもそれに続く。

けれど、蓮は立ちどまったまま。

「蓮？」

　不思議に思って表情をうかがうようにのぞきこむと、そのまま唇が触れる。
「……っ！」
　イタズラっ子のように笑う蓮に、胸が跳ねる。
　みんなに見られてないかと前を見ると、もうそこには誰もいない。
　すでに階段をおりていってしまったらしい。
「行くか」
「う、うん……」
　思わずどもってしまった返事。
　顔に熱が溜まる。
　蓮はそんなあたしを見て、また笑う。
　踏みだしたあたしたちの手は、自然と絡まっていた。

seven

またね

【真梨side】

　次の日、目を覚ましたら蓮の腕の中だった。
　あたしの耳は蓮の胸に押しあてられ、体には蓮の腕が巻きついている。
　ちなみに、どちらも服は着ている。
　昨日はシゲさんの店から帰ったあと、疲れてすぐに寝ちゃったから、寝る前にちょっとキスしたぐらいでそういうことにはならなかった。
　蓮を見あげれば、すぅすぅと寝息を立てている。
「蓮～？」
　呼びかけても返事はない。
　腕からそっと抜けだしてケータイを見れば、時刻は12時ちょっと前。
　今日はたしか土曜日だし、べつにあわてはしないけれど、いくら疲れていたからって寝すぎだ。
　我ながらあきれてしまう。
　小さくため息をついてから、隣で寝ている蓮の体を揺すった。
「蓮～、起きてっ」
　さっきよりも大きな声で呼ぶけれど、蓮は眉間にシワを寄せただけで起きる様子はない。
「蓮～……」

起きない蓮にもう一度ため息をついて、顔をのぞきこむ。
いつ見ても綺麗な顔は、あたしを魅了する。
少し開いた唇が色気を放っていて、思わず心臓が跳ねた。
「起きてよね〜」
小さく笑いながら、蓮の上におおいかぶさる。
ドキドキさせられっぱなしなのはなんか嫌だ、なんて我ながら子どもみたいだ。
「キスしてやろーか」
それでも言ったことのないセリフを寝たままの蓮に吐きすてたのは、そんな子どもっぽい思いからだ。
その瞬間、目の前のまぶたが開かれ、あたしは硬直(こうちょく)した。
「してくれんの？」
普通にそう言ってくる蓮に、返す言葉も見つからない。
ていうか、なんで起きてんの。
さっきまで寝てたじゃんか。
しかも、あたしのセリフ聞いてたの？
え、嘘。
どうしよう……。
「しないとか言わねーよな、自分から言ったんだし」
ニヤリと笑う蓮は、確信犯。
自分の顔に熱が集まるのがわかる。
コイツ、起きてたんだ。
起きてて、寝てるふりしてたんだ……!!
蓮にまたがったままのあたしの髪に手を伸ばして、指で梳く。

「早くキスしろよ」
　熱のこもった銀の瞳に捉えられると、逃げられない。
　あたしは吸いこまれるようにキスをしていた。
　触れるだけの子どもみたいなキスをして、離れる。
　まぶたを開ければ蓮と目が合って、顔がまた熱くなる。
「足りねぇ……」
「え……？」
「誘ったのはお前だからな」
　腕をつかまれたかと思うと、そのまま引っぱられて。
　小さな悲鳴をあげると同時に、あたしは蓮の腕の中に閉じこめられていた。
　顔が胸に押さえつけられて、硬直する。
　ツンとする蓮の香りに包まれて、心臓が騒ぎだす。
　蓮はあたしの顎を片手でつかむと、自分の顔の方へと向けて……あたしの唇に噛みついた。
　容赦のない口づけは、あたしの思考を溶かしていく。
　なにも考えられなくなるくらい翻弄(ほんろう)されて、あたしは反射的に蓮の着ていたスウェットを握った。
「ふ、……んん」
　ふたりきりの部屋に、あたしの甘い声だけが響く。
　それが無性にはずかしい。
「れ……んぁ……っ」
　名前を呼ぶことすら許されなくて、スウェットを握ったままその体を押す。
　それに抗うことはせずに離れた蓮の顔は、今まで見たどの顔よりも色っぽくて、思わず顔をそらした。
「真梨」
「ん……」
　名前を呼ばれたことにうれしくなって、小さく返事を返すあたしは、もうとっくに蓮の毒牙(どくが)にかかってしまっている。
「先に起きてっからな」
「ん」
「お前もすぐ来いよ」
「ん……」
　ふてくされたように顔の半分を枕に埋めるあたしの頭に、軽く唇を落として。
　思わず赤くなったあたしを見ることなく、蓮は扉の向こうに消えていった。
「バカァ……」
　頬はしばらくもとに戻ることがなく、あたしはなかなか部屋から出られなかった。

「お待たせ、真梨」
「ありがと、タカ」
　タカによって運ばれてきたペペロンチーノ。
　朝昼兼用だというそれに、お礼といただきますを言って、手をつける。
　蓮はあたしが部屋から出てくる前に食べてしまったらしく、この部屋にはいない。
　タカが言うには、ちょっと野暮用(やぼよう)、だそうだ。

今この部屋には、タカとあたしのふたりだけ。

今までにない組み合わせに、なんとなく黙ってしまう。

パクリとペペロンチーノを口に入れて、もぐもぐと口を動かす。

当たり前のその動作がだんだん遅くなる。

「もう無理か？」

それに気づいたタカが、あたしに近づいてくる。

「うん……これ以上、食べらんない」

「そっか。それじゃ、さげるな」

ついにあたしのフォークが止まってしまったのを見て、タカがお皿をさげる。

「ごめんね、ありがとう。ごちそうさま」

申し訳ないけれど、これだけはどうしようもない。

たくさん食べられないのは、どうしたって急には変えられない。

それでも、誰かと一緒に食べる食事はおいしいし、前に比べればだいぶマシになったけれど。

「どういたしまして」

少しうれしそうに笑うタカに、ホッと息を吐いた。

「そういえば真梨、足はどうなんだ？」

タカの視線の先には、あたしの捻挫中の足。

「ん―、あんま変わりないよ」

怪我した当初と変わらない。

昨日は痛いとか、そんなことを思っている余裕はなかったけれど、安心したとたん、ズキズキとふたたび痛んできた。

やっぱり無理に動かすと痛い。
「ふーん、悪化はしてねぇんだよな」
「うん」
すると、うーん、と考えこむような仕草をするタカ。
どうせ、昨日星宮に無茶されたなら、もっとひどくなってるとでも思ってたんだろう。
「それよりタカ、蓮どこ？」
「え、蓮っ!?」
「…………」
なに、その反応。
びっくりしすぎなんじゃないの？
ジトーと、タカを見る。
「や、蓮なら、すぐ帰ってくると思う!!　ホントに、うん」
「……怪しい」
目も合わせようとしないし、焦ってるのか、いつも以上に声が大きくなってるし。
これは……。
「嘘でしょ、タカ」
どこから嘘なのかはわからないけれど。
「や、俺は嘘なんて……!!」
「へぇ？」
どう見ても、嘘をついていることはわかりきっている。
視線をさまよわせて、おろおろという効果音が聞こえてきそうだ。
「んじゃあ、あたし、ちょっと下行ってくるから」

「え、真梨!?」

面倒くさくなって、あたしを止めるタカの声も無視して扉に手をかける。

タカは焦ったように、また声を張りあげている。

こんなに焦るってことは、タカはあたしをここから出したくないんだ。

ということは、下でなにかが起こってるんだろう。

そしてきっと、そこには蓮がいる。

大河も颯も、隼もいるだろう。

だけど、そこまで大事ではないことは見てわかる。

タカが、ここにいるから。

あたしになにも伝えずに、タカがそばにいるから。

ホントに大事なことだったら、きっとタカはここにいない。

そしてあたしは、総長室に押しこめられているだろう。

扉を開いて下を見れば、いろいろと信じられない光景が見えた。

その中にはなんと……。

「星宮……っ!?」

その姿を捉えて、目を丸くする。

怪我した足をかばいながらも階段をおりて、さっきよりも近くに目に入った姿に目を疑った。

倉庫のほぼ中心。

周りには、半径10メートルほど開けて獅龍メンツが群がっている。

そして、その集団の少し前で星宮に向かい合っている蓮。

あたしは集団に近づいて、中に入りこむ。

視線が集まっているのには気づいていたけれど、気にすることなく星宮に近づいた。

頭に巻かれた白い包帯（ほうたい）。

そこからのぞく、染めていないだろう色素の薄い髪の毛。

片腕は肩からかけられた布で吊られている。

「星宮、大丈夫なの!?」

星宮に駆けよって、ペタペタとその体をたしかめるようにさわる。

あたしを襲おうとしてきた事実は変わらないけれど、あたしが混乱したときにちゃんとやめてくれた星宮は、あたしの中でそんなに悪い人ではない。

むしろ、今は痛々しい姿が心配。

そんなあたしの行動を止めるかのように、周りからたくさんの声があがった。

「真梨!?」

「水川さん!!」

「なにしてんだよ、バカッ」

でもあたしは、星宮がやわらかく笑ったのを見て、心底ホッとした。

蓮がうしろからこちらを見ていることに気づいてはいたけれど、今は星宮の体の方が気になる。

「バカは余計だよ、大河」

ひと言そう言ってから、星宮にまた向き合う。

正直、蓮たちにやられちゃったんだろうとは思ってたけど、怪我の具合とかは全然わかんなかったから、とりあえず無事で安心した。

「よかった……」

「なに〜？　真梨ちゃん、俺のこと心配してくれてたの？」

「……べつに、してないし」

「ふふっ、可愛いねぇ」

「バカじゃないの」

　プイ、とそっぽを向く。

　チラリと周りを見れば、あたしと星宮のやりとりに、みんな呆気にとられていた。

　でも、それも一瞬のこと。

「本当、可愛い」

　そう言って、星宮があたしを片腕で抱きしめてきたから。

「ほ、星宮……!?」

　その行動に周りが騒ぐ。

　でも、あたしはただびっくりしただけ。

　だって、怖くないから。

　あのときの星宮とは、雰囲気がまったくちがうから。

　あたしをどうこうしようと思ってるわけじゃないってわかってるから、怖くない。

　ただ、今あたしが一番怖いのは……うしろから感じる、威圧感。

「星宮、てめぇ……」

　そう。

　蓮からの殺気だ。

「真梨にさわんじゃねぇよ」
　グイッとうしろから肩を引かれて、星宮の腕の中から蓮の腕の中に移る。
「蓮……？」
「なに、勝手に出てきてんだよ」
「……タカが嘘つくから」
「アイツ、使えねぇ」
　なんだかすごくひどいことをつぶやいて、蓮は星宮に視線を移す。
「……で、結局、お前はなにが目的なわけ？」
　蓮の問いかけに、星宮は胡散くさく笑う。
「真梨ちゃんをいただきに……ってのは冗談で。まあ報告と、ある噂を聞いたから遊びにきただけ」
「噂……？」
　星宮の言葉に、眉間にシワを寄せる。
「あ、真梨ちゃんは知らないのかー。そっかぁ、そうだよね」
「おい、星宮」
　ぎろりとにらむ蓮に、星宮はハイハイ、とヘラリと笑う。
　あたしはふたりの会話の意味がわからなくて、首を傾げる。
「そのことはいいから、報告ってなんだよ」
「ああ、邪鬼、解散したから」
「そうかよ」
「え、解散したの？」
　興味なさそうな蓮の腕をすり抜けながら、現状についていけないあたしはそう聞き返す。
「うん。もともと、俺の代で解散させるつもりだったから」
「なんで？」
　いくら邪鬼がなんでもアリな族だとしても、星宮の代で終わらせなくたっていい。
　血の気の多い族を終わらせるってことは、その終わらせたヤツが責任を負わなければならない。
　恨まれるという名の、責任を。
「……今の邪鬼がどうやって生まれたか、知ってる？」
「知らないけど」
　そうだろうね、と言って、また星宮は笑う。
　わかっているなら聞かないでほしい。
「邪鬼の初代総長は、俺の父親」
　そのひと言で、その場の空気がシンと静まったのがわかった。
　でも、それは一瞬で、すぐにざわつく。
　その中にはこんなセリフも聞こえてくる。
「邪鬼の初代って、たしか汚いことが大嫌いで有名だったよな」
　今の邪鬼には、似ても似つかなそうに感じてしまう。
「２代目は、俺の兄貴」
　そのひと言に、またざわつく。
「２代目っつったら、今の邪鬼の根本的原因を作ったんだよな」
　周りの声にああ、こうして邪鬼はできたんだな、なんて思った。

「最初は普通の族だった。親父も兄貴も、こんな風になることを望んじゃいなかった。ただ、いつの間にか戻れないところまで来てしまっただけで」

邪鬼は、きっとあたしと一緒だ。

いつの間にか浸食されて、もとには戻れない。

でも、もとに戻れないと思っているのは、本人だけなんだ。

考えれば、簡単なこと。

現にあたしは、ついこの前までのあの現実からは考えられないところにいる。

きっと星宮も今、戻そうとしているんだ。

すべてを、もとの世界に。

「そして、3代目が俺」

そう言った星宮は、凜(りん)として前を見すえている。

「邪鬼は俺たち親子によって引き継がれてきた。そして、俺の代で終わらせる。それが、俺の邪鬼3代目総長としての最後の仕事だ」

フワフワとしたいつもの口調とはちがう、邪鬼総長としての声色。

迷いのないそれは、周りを自然と引きこんでいく。

「星宮」

誰かが名前を呼ぶ。

きっと、みんなが思ってる。

あんた、今最高にカッコいいよ。

「……まぁ、この話はこれくらいにして」

急に話し方が変わる星宮に手招きされて、近づく。

蓮が不機嫌そうにあたしの名前を呼んだけれど、大丈夫、と笑いかけた。

「おめでとう、真梨ちゃん」

星宮の近くまで行くと、頭をなでられながらそう言われて、首を傾げる。

おめでとうって、なにが？

「わからなくていいよ、今は」

「そうなの？」

「うん」

いつものように笑って、ハニーブラウンの髪を梳かれる。

「……髪、綺麗だね」

「そう、かな」

ポツリとつぶやいて、うつむく。

よく言われる、決まり文句。

わかってる、星宮のそれは本心だって。

でもこの髪の色は、瞳の色は、あたしをいつも苦しめてきた。

「瞳も、綺麗」

「…………」

「言っとくけど、真梨ちゃんじゃなかったら、こんなこと言わないからね」

え、と顔をあげると。

「まぁ、昨日勝手に髪の色をもとに戻したのは、おもしろ半分だったんだけど。髪をさわれば、スプレーで染めてることはすぐにわかったしね」

　ちゅ、と小さなリップ音を立てて頬にキスをされた。

「真梨ちゃんだったらきっと、どんな色だったとしても綺麗だと思ったよ」

　……バカみたいな、口説き文句。

「てめぇ、真梨になにすんだっ」

　めずらしく焦ったようにあたしと星宮の間に入って、あたしを引きよせる蓮。

「蓮っ」

　見あげて名前を呼んだけれど、あたしの方なんて見向きもせず、星宮をにらんでいる。

「ははっ、志摩はほんとにベタボレだね」

「うるせぇ」

「本当、ムカつくよ」

　ニコリと笑って発せられる罵声は、思ったよりも低い。

「真梨ちゃん」

　呼ばれて星宮の目をジッと見る。

「もう、会うことはないと思うけれど……お幸せにね」

　最後の別れかのような言葉に、一瞬、胸が詰まる。

「……星宮こそ」

「志摩も、ありがとうね。気づいてたんだろ、俺が邪鬼を解散させるためのきっかけとして、獅龍に喧嘩を売ったこと」

「当たり前だろ」

　あたしを抱きしめる力を強くして、低い声でうなるように声を出す。

　え、そうだったの？

　全然、気づかなかった……。

「本当、志摩には敵わないな」

　フフッと笑う星宮は、笑っているのになんだかくやしそう。

　でもなんだか、それすら微笑ましくなってくる。

　敵同士なのに、こうやって話せることが微笑ましい。

「志摩、そんなににらまないでよ」

　星宮がそう言っても、蓮はにらむことをやめない。

「邪魔する気は全然ないし、もう帰るからさ」

「じゃあ、さっさと帰れ」

「そうするよ」

　やわらかくふたたび笑って、こっちを見て軽く手を振ってから、背を向ける。

「星宮っ!!」

　思わず、その名前を呼んでいた。

「ありがとう」

　振り返ったその姿にそう言葉を紡ぐと、星宮はうっすらと笑みを浮かべる。

「それ、俺のセリフ」

　そう言ってまた、背を向けた。

　星宮が出ていく寸前、聞こえた言葉は、『ありがとう』と『またね』。

　「もう会うことはない」と星宮は言ったけれど。

　それが「また会いたい」と言っているようで、あたしは思わずうれしくて笑みがこぼれた。

　またいつか会えますように、と願った。

　なにに、ともわからないけれど、とにかく願った。

　『いつか』、『きっと』、『また』、『どこかで』。

　そう、繰り返した。

証

【真梨side】

「蓮、そろそろ機嫌直してよね……」

　ふたりきりの幹部室、あたしの隣に座る蓮は仏頂面(ぶっちょうづら)。

　どうやら星宮の一件が気に入らないらしい。

　星宮が帰ってから結構な時間がたったというのに、いっこうに戻らない機嫌。

　他のメンバーはそれを見て、そろそろとここから出ていってしまった。

「蓮～……」

「んだよ」

「なに怒ってんの」

「べつに」

　その返事に納得がいかず、ムッと唇を突きだす。

「嘘つかないでよ。さっきからずっとブスッとしてるし……んっ!?」

　あたしの声を遮るように腕を引かれたと思うと、蓮に抱きしめられる。

　なんだか昨日から不意打ちが多い。

　心臓に悪いからやめてほしい。

　……なんて、本当にやめられたら、それはそれでさびしい気もするけれど。

「お前、隙ありすぎなんだよ」

「え、ごめん」
「思ってねぇだろ」
　あたしが悪いみたいだから謝っただけなのに、微妙に声を低くして返してくる言葉に「そんなことない」とつぶやく。
「じゃあ隙なくせよ」
「……がんばる」
　とりあえずそう言ったあたしを、蓮はジトーッと見てくる。
「隙見せるのは、俺の前だけにしろよな」
「う、ん」
　見えた瞳は、銀色。
　それを見つめれば見つめるほど、胸の奥がうずいてくる。
「蓮……」
「ん？」
「キス、したいな……」
　自分でもびっくりするくらい、すんなり出てきたそのセリフは、すぐさま蓮によってふさがれる。
　深く深く、奥へ奥へ。
　絡まり合う舌は、互いをたしかめ合うように応え合う。
「れ、ん……もっと……」
「煽んな、バカ」
「バカじゃ、ないよ……っ」
　反抗すれば、「うるせぇ」とまた口をふさがれる。
　でも、こんなやりとりもいいかな、って。
　こんな風にイチャついててもいいかな、って我ながらバカみたいなことを思う。
「蓮」
「ん？」
こんなに好きにさせたんだから……。
“責任とってよね”
ささやいたその言葉の真意に、蓮はきっと気づいている。
だって、それを聞いて意地悪そうにニヤリと笑ったから。

そのあと、のんびりとした時間を過ごし、そろそろみんな帰ってきてもいいのにな、と思う時間になった頃。
突然、幹部室の扉が開いた。
「真梨っ」
顔を出したのは、隼。
「おいで……あ、蓮もね」
「やっとか」
待ちくたびれた、というようにそう言う蓮に、首を傾げる。
「なに……？」
ふたりして、なにか企んでいるのだろうか。
急に戻ってきて、いきなりおいで、だなんて。
「ほら、行くぞ」
でも蓮は、そんなあたしのとまどいなんて無視して立ちあがる。
腕を引っぱられて連れてこられたのは、階下へと続く扉の前。
先に隼が出ていったから、扉は閉まった状態。

そして、しばらくして扉が開いた。

扉の外にいたであろう、隼によって。

「なに、これ……」

その瞬間、目に入った光景に、目を丸くする。

あたしと蓮を迎えるように下に整列した獅龍のメンツ。

それは、あたしを姫にするといった日の人数なんかの比じゃない。

どこからか持ってこられたソファが並んでいたり、どこかのパーティーかのように料理まで並べられていたり。

いったいなにが起こっているのかわからなくて、周りを見渡す。

タカは階段をあがったすぐそばに立ってるし、颯はそのうしろ。大河は階段の柵に背を預けている。

そして、タカの大きな咳(せき)ばらいでその場がシンと静まる。

「えー、今から獅龍５代目総長、志摩蓮斗……“姫”任命式を行う!!」

次に発せられたタカのセリフに、頭がまっ白になった。

「任命式……？」

「正式に真梨を姫として迎えるための儀式だよ。獅龍の伝統なの」

隼はそう言って、前を見すえている。

正式に、あたしを姫として迎える……？

たしかに光はもうみんな、あたしを姫だと認めてる、って言ってくれたけれど。

“姫”っていうのは、総長に次ぐ立場で。

それを正式に認めるってことは、あたしは獅龍で蓮の次に尊敬され、称えられる存在になるってこと。

それをわかってて、あたしを正式に“姫”だと認めるっていうの……？

「濱本光!!」

「はい！」

タカの呼び声に、一番前の列に立っていた光はそう返事をして、一歩前に出る。

「水川真梨!!」

光の声が倉庫に響く。

いきなり呼ばれた自分の名前に反応することができなくて、隣の蓮から返事、と言われてやっと口を開いた。

「は、はい」

それでもつっかえてしまうあたしの声は小さくて、倉庫全体に届いたかはわからない。

でも、光まで届いているのはたしか。

だって光は、それを聞いて微かに笑ったから。

「言っただろ？　もうとっくに、お前は俺らの仲間だって」

いきなりの光の言葉に、少しうろたえる。

だけど、すぐにわかった。

『お前はもうとっくに、俺らの仲間じゃねぇのかよ？』

昨日、光が言っていたその言葉のことだと。

それがわかって、胸の奥が熱くなる。

もうあんな思いをしなくて済むのかと。

みんなと一緒にいてもいいのだと。

「お前はもうひとりじゃねぇ。ひとりになんてさせねぇ、俺らがお前を守ってやる」

光の言葉に、目の前が霞んでいく。

「だから……」

うれしくて、どうしようもなく幸せだと思ってしまって、あたしは泣きたくなる。

「俺らの仲間になれよ、真梨」

もう、なにもかもがどうでもよくなってしまうくらいだった。

「はい……っ」

思わず、なにも考えずにそう答えていた。

迷いなんかなかった。

気持ちは、昨日からひとつも変わってない。

昨日光に言ったことは、なにもあたしの中で変わってなんかいない。

あたしはようやく、自分の居場所を見つけられた。

仲間にしてくれて、ありがとう。

照れくさくて、声に出しては言えなかったけれど、心の中でつぶやいた。

あたしの返事を聞いて、光はぺこりと頭をさげる。

それを見てあたしも頭をさげて、こぼれそうになった涙を手で拭った。

顔をあげると、光はもうもとの位置に戻っていた。

「普通はさ、こういうの言うのは副総長なんだけどよ」

手すりに寄りかかったまま、大河が言う。

「光がどうしてもって言って、颯に変わってもらったらしいんだよなぁ」
　大河の言葉を最後まで聞いて、また泣きそうになったけれど、グッとこらえた。
「次に、総長、志摩蓮斗」
　呼ばれた名前に、横に立っている蓮を見ると目が合った。
　合わさった視線は、そらすことができない。
　肩をつかまれて向かい合わせになると、蓮はあたしの髪をなでた。
「颯」
　蓮の低い声が響き、颯は蓮に箱のようなものを差しだす。
　颯がそれを開くと、中のものを蓮が手に取った。
「それ……」
　あたしの目に映ったのは、ひとつのネックレス。
　羽がモチーフになっているそれに、ピンクの石がはめこまれている。
　可愛い……。
　蓮があたしに一歩、近づく。
　ネックレスを手に取ってあたしの首に通すと、抱きしめるような形で、前からあたしにそれをつけてくれる。
「これは誓いの証だ」
「誓いの証……？」
「そう。俺たちがお前を全力で守ると、守りきるという、俺たちの誓いの証」
　耳もとでそうささやかれれば、あたしはもうなにも言えない。
　ただ、バカみたいに涙が出そうになってしまう。
「綺麗だ、似合ってる」
　蓮らしくない、キザなことを言われて胸が高鳴る。
　それを聞いていた大河が茶化すように言う。
「蓮のヤツ、そのネックレス、真梨を姫にするって言った日に注文したんだぜ？」
「え……」
「そうそう、気が早いんだよね、蓮は。今日だっていきなり任命式やるとか言って、準備大変だったし。自分はなんにもしないくせにさ」
　颯の言葉で、今日１日の謎が解けた気がした。
　蓮は、知ってたんだ。
　なんで、みんながなかなか戻ってこなかったのか。
　今日の準備をするために帰ってこられなかったって、知ってたんだ。
「まぁ今夜はパーティーだから、楽しまないとね」
　颯の言うとおり、今夜はパーティーなんだろう。
　並べられた料理やソファが、そうなんだとあたしに伝える。
　そして、星宮の言っていた意味もわかってしまった。
　“おめでとう”はきっと、姫になったことへの激励。
　そして、“噂”は、近々あたしの任命式が行われるという噂でも流れていたのだろう。
「うるせぇ」
　照れを隠すように悪態をつく蓮に、思わず笑ってしまった。

「じゃあ最後に、総長から……って、いらないか。もう言うことは光と、さっき蓮も言ってくれたし……」
　なんて言いながら、タカはこっちを見る。
　蓮もそれを見てからあたしに向き直って、笑う。
「いるに決まってんだろ、タカ」
「そう？」
「まだ真梨に言ってねぇこと、あるんだよ」
　蓮がそう言えば、「真梨にか」とみんなが笑う。
　よく意味が理解できなくて首を傾げると、蓮はそんなあたしを見て抱きしめた。
「蓮？」
「真梨」
　聞こえた声色は真剣で、あたしも真剣に「はい」と返す。
「愛してる」
「……っ」
　紡がれた言葉に、声が出ない。
「軽い気持ちで言ってるわけじゃねぇ。わかるか？」
「う、ん……」
「本気で言ってんだ」
　目の前が涙で霞んで、よく見えない。
「本気で、真梨を愛してる」
　温かいものが、頬を伝った。
「蓮……蓮……っ」
「ん」
「ありがとう……っ」

あたしには“愛”ってものがよくわからない。
だから、愛するっていうのがどういうものなのかわからないし、どうすればいいのかもわからない。
だけど、これだけはわかる。
蓮にそう言ってもらえるってことが、あたしはうれしいんだ。
……幸せなんだ。
「蓮……」
「真梨」
顔が近づく。
蓮の綺麗な銀の瞳が見えて、そっと目をつむった。
影が重なり、蓮とあたしの距離がなくなる。
次に目を開けた瞬間、周りから大きな歓声があがった。
そして、こっちを赤い顔でチラリと見たタカが声を張りあげる。
「これにて、獅龍5代目総長、志摩蓮斗“姫”任命式を終了する!!」
カラフルな頭が、揺れて見える。
隣の蓮が、あたしに笑いかける。
それだけであたしは、幸せに思えた。
今もこれからも、あたしはきっと幸せだ。
“獅龍”という、“蓮の隣”という、居場所を見つけることができたから。

【完】

あとがき

☆ afterword

こんにちは、水瀬甘菜（みなせかんな）です。

まずは、書籍化という機会をいただけたことにお礼を言わせてください。本当にありがとうございます。

小説を書きはじめて早10年近くがたち、もう少しで成人を迎えるこの時期に貴重な経験をさせていただけたこと、本当にうれしく思っています。

この作品を書きはじめたのは、今から５年前の夏。中学３年の夏休みまっただ中でした。

正直なところ、最初はただの思いつきでした。ただただ、自分が書きたいことを書こう、そう思って書きはじめた作品でした。今思えば、なんて生意気なガキだったのかと思うような部分もあるのですが（笑）。

この作品を書いた１年と半年。私自身思春期で、精神面で大きく成長した期間でもありました。それと一緒に、思いつきだったこの作品も成長してきたんじゃないかと思っています。

その当時、この作品にたくさんの“想い”を込めました。

テーマは、“愛”と“絆（きずな）”です。なんて壮大（そうだい）なテーマだろうと、思わなくもないのですが（笑）。

書籍化にあたり、当時の私の“想い”、そして今の私の

“想い”。このふたつを込めて、書きなおしました。
　サイトとは大きく変わった部分もあり、そちらを読んでいただいていた方にとっても新鮮だったかもしれません。
　ですが、根本的な部分はなにも変わっていません。私が伝えたかったことも、真梨たちの想いも。それが少しでも多くの方に届けば、と思います。

　先にも書きましたが、大きく修正しているので、サイトの作品を読んでからこちらを読んだ方や、その逆の方がいらっしゃったら、ギャップに驚かれたかもしれません。
　この作品は、サイトとはまた別のものとしてここで完結していますので、別の作品として楽しんでいただければと思います。

　最後になりましたが、大変お世話になった担当の渡辺さん、スターツ出版の皆様。すてきなイラストを描いてくださった架月七瀬先生、そしてこの作品を手に取ってくださった皆様、私を応援してくださっている読者の皆様。
　本当に、ありがとうございました。心から感謝しています。
　この気持ちが、少しでも伝わりますように。

2016.7.25　水瀬甘菜

この物語はフィクションです。
実在の人物、団体等とは一切関係がありません。
一部、喫煙等に関する記述がありますが、
未成年者の喫煙等は法律で禁止されています。
物語の中に、法に反する事柄の記述がありますが、
このような行為を行ってはいけません。

水瀬甘菜先生への
ファンレターのあて先

〒104-0031
東京都中央区京橋1-3-1
八重洲口大栄ビル7F
スターツ出版（株）書籍編集部 気付
水瀬甘菜 先生

愛して。

2016年7月25日　初版第1刷発行

著　者　水瀬甘菜

発行人　松島滋

デザイン　カバー　金子歩未（有限会社ハイヴ）
　　　　　フォーマット　黒門ビリー&フラミンゴスタジオ

D T P　株式会社エストール

編　集　渡辺絵里奈

発行所　スターツ出版株式会社
〒104-0031 東京都中央区京橋1-3-1　八重洲口大栄ビル7F
TEL 販売部03-6202-0386（ご注文等に関するお問い合わせ）
http://starts-pub.jp/

印刷所　共同印刷株式会社
Printed in Japan

ISBN 978-4-8137-0124-8　C0193

ケータイ小説文庫　2016年7月発売

『だから、好きだって言ってんだよ』　miNato（ミナト）・著

高1の愛梨は、憧れの女子高生ライフに夢いっぱい。でも、男友達の陽平のせいで、その夢は壊されっぱなし。陽平は背が高くて女子にモテるけれど、愛梨にだけはなぜかイジワルばかり。そんな時、陽平から突然の告白！　陽平の事が頭から離れなくて、たまに見せる優しさにドキドキさせられて…!?

ISBN978-4-8137-0123-1
定価：本体580円＋税

ピンクレーベル

『白球と最後の夏』　rila。（リラ）・著

高3の百合子は野球部のマネージャー。幼なじみのキャプテン・稜に7年ごしの片想い中。ふたりの夢は小さな頃からずっと"甲子園に出場すること"で、百合子は稜への気持ちを隠し、マネとして彼の夢を応援している。今年は甲子園を目指す最後の年。甲子園への夢は叶う？　ふたりの恋の行方は…？

ISBN978-4-8137-0125-5
定価：本体570円＋税

ブルーレーベル

『青に染まる夏の日、君の大切なひとになれたなら。』　相沢（あいざわ）ちせ・著

高2の麗奈は、将来のモヤモヤした悩みを抱えていた。そんな中、親友・利乃の幼なじみ・慎也が転校してくる。慎也と仲のよい智樹もふくめ、4人で過ごすことが多くなっていった。麗奈は、不思議な雰囲気の慎也に惹かれていくが、慎也には好きな人が…。連鎖する片想いが切ないラブストーリー。

ISBN978-4-8137-0126-2
定価：本体590円＋税

ブルーレーベル

『絶対絶命！死のバトル』　未輝乃（みきの）・著

高1の道香は、『ゲームに勝つと1億円が稼げる』というバイトに応募する。全国から集められた500人以上の同級生とともにゲーム会場へと連れていかれた道香たちを待ち受けていたのは、負けチームが首を取られるという『首取りゲーム』だった…。1億円を手にするのは、首を取られるのは…誰!?

ISBN978-4-8137-0127-9
定価：本体580円＋税

ブラックレーベル

書店店頭にご希望の本がない場合は、
書店にてご注文いただけます。